Exorcismo Final

Exorcismo Final

Yovana Martínez

CAAW EDICIONES EROTIKA

Yovana Martínez Milián (Ciudad Habana, 1970)

Licenciada en Dirección de los Medios de Comunicación en la Facultad de Comunicación del ISA, La Habana.

Ha sido productora de televisión y guionista por más de 20 años.

Uno de los cuentos de este volumen, "Fotografía de encuentro", fue finalista de la I Edición del Concurso de Narrativa Erótica "Los Cuerpos del Deseo", e incluido en la Antología de Narrativa Erótica "Los Cuerpos del Deseo" (Neo Club Ediciones y Alexandria Library, 2012).

Exorcismo Final es su primer volumen de relatos eróticos.

Actualmente vive en Florida, EE.UU.

© Yovana Martínez, 2015

© Fotografía de cubierta: Judith G. Tur, 2015

© CAAW Ediciones, 2015

© Diseño de portada: Arnaldo Simón

© Fotografía de autor: Jorge Álvarez

    2da Edición revisada y corregida

    ISBN: 978-0-9962047-0-5

    LCCN: 2015907985

A Carola y mi Padre
por el amor incondicional

El milagro del amor consiste en la variedad de motivos y teclas con que puede desarrollarse... [...] una mujer que no ha conocido sino a un solo hombre es como una persona que solo hubiera oído a un compositor.
Isadora Duncan

Mis manos son de cristal
  y crujen al primer susto
puedo verte
   desnudo
   a través de mis dedos
como una lente de telescopio
   simplemente verte

La sorpresa

A N., mi más sincero perdón

Hoy es noche de música en la recreación. Casi todos están regados por el Pasillo Central y la Plataforma. En grupos, parejas, bailando. Algunos aprovechan la oscuridad del Área de Formación para sentarse en los bancos de piedra a apretar con sus parejas. ¡Pura calentura! Los más atrevidos aprovechan la confusión de los bailadores para jugar cabeza a los profesores de guardia y colarse con sus novias en alguna aula mal cerrada, algún baño vacío del Docente, o quedarse en la oscuridad del Pasillo Aéreo.

Yo estoy terminando de arreglarme. Hoy vino mi novio a verme. Me puse el uniforme del pase que está limpio y planchado, lustré los zapatos, me perfumé y entalqué en sobredosis. Mi novio estudia en primer año de una escuela militar. Es muy amigo del Director y de algunos profesores, y se conoce esta escuela de memoria porque estudió aquí hace algunos años. Según me cuentan, en aquella época era el preferido del Director y uno de los estudiantes más populares. Cuando sus amigos profesores están de guardia, él viene a visitarme. Es el primer novio «grande» que tengo. Los demás más o menos de mi edad, se esfumaron cansados de insistirme para que fuera con ellos más allá de la apretadera, pero yo siempre me he negado obstinadamente. Realmente el «asunto sexual» no me interesa mucho y no entiendo por qué siempre hay que hablar de lo mismo. No es que no sepa, pero no me interesa. Mis amigas no me creen. Tampoco creen que solo haya apretado con mi novio grande, así que tuve que inventarme dos o tres historias demasiado calientes para saciar su curiosidad exigente de detalles. Creo que una de ellas se fue de lengua con mi novio grande y ahora él cree que yo he hecho el asunto, cree que soy una experimentada.

La otra noche, por ejemplo, me metió la mano debajo de la saya cuando estábamos apretando y de pronto ya la tenía dentro del blúmer. Me empezó a meter un dedo ahí y yo me paralicé del susto. De tanto apretar tenía «eso» mojado, y mi novio metía y metía el dedo. Yo no sabía qué hacer. Me dio mareo y empecé a sudar. Por suerte sonó el timbre avisando que se acabó la recreación y me levanté de un salto. Me arreglé la saya y le pedí que me acompañara hasta el albergue. A él creo que no le gustó mi reacción, pero yo no lo hacía a propósito. Es que a la hora de la verdad, siempre el miedo me paraliza.

Otra noche me pidió que lo acompañara a la Cátedra de Física a buscar no sé qué le había pedido el profesor, que es su amigo. La Cátedra estaba al final del pasillo del segundo piso del Docente. Todo estaba oscuro. El abrió la puerta con la llave del profesor. Me hizo pasar a mí primero y cuando él entró cerró la puerta, pero no encendió la luz. De pronto me estaba abrazando, besando y toqueteándome toda. Llenándome de saliva por todos lados. Respiraba fuerte. Hacía unos sonidos raros como los de un animal.

Me agarró una mano y la llevó hasta la portañuela de su pantalón. Me asusté cuando sentí que tenía la portañuela abierta y la pinga afuera. La pinga la tenía durísima, parada. Me agarraba la mano fuerte, apretándola contra su pinga. Me apretaba tan duro que me dolía, pero yo estaba tan asustada que no podía moverme. Empezó a menear fuerte con su mano mi mano contra su pinga. Cada vez más fuerte. Cada vez más fuerte. Respiraba como si le faltara el aire. Hacía unos ruidos raros como un animal salvaje. Y su cuerpo se movía como si tuviera un ataque epiléptico. Movía cada vez más fuerte su mano con mi mano apretada contra su pinga hasta que soltó un grito salvaje y sentí que su pinga se estremecía. Un líquido pegajoso me mojó la mano. Adiviné que era el semen, «la leche», le decían. Mi novio se quedó quieto, fue recuperando la respiración y yo sentía como su pinga se encogía en mi mano. Me llené de valor y saqué mi mano de allá abajo, pero no sabía dónde ponerla porque estaba embarrada de la leche. Mi novio reaccionó y en la oscuridad limpió con un pañuelo mi mano y se limpió la pinga. Se cerró la portañuela y me abrazó cansado besándome en la boca. Me dijo al oído que nos íbamos y salimos igual que como entramos. Cuando íbamos por el pasillo me di cuenta que no recogió lo que fue a buscar para el profesor de Física, pero no le dije nada porque temía que si regresáramos, volviera a hacer lo mismo que hizo. Por suerte él tampoco se dio cuenta de su olvido y salimos del Docente como si nada hubiera pasado.

Hoy regresó a verme porque están de guardia los profesores que son sus amigos. Cuando lo vi en el comedor hablando con el Director, vi en sus ojos ese brillo raro que tenía aquella noche de la Cátedra de Física. Fue sonriente a mi mesa, me dio un beso de piquito y me dijo al oído: «Te veo más tarde que tengo una sorpresa». Y volvió a besarme en la boca. Mis amigas empezaron a reírse con malicia, haciéndose señitas entre ellas y dándose golpes por debajo de la mesa mientras me miraban. Así que aquí estoy, con mi uniforme del pase limpio y planchado, perfumada, entalcada y camino a verlo al Pasillo Central para ver cuál es la sorpresa.

Allí está conversando con el Profesor de PMI y con el Enfermero. Cuando me ve llegar sonríe y vuelven a brillarle los ojos de aquella manera rara. El Enfermero le hace una seña y le pasa una llave. Mi novio me agarra de la mano y me pide que lo acompañe. El Enfermero y el Profesor de PMI ríen comentando bajito entre ellos mientras nos miran alejarnos. Mi novio me lleva al Pasillo Aéreo, seguimos caminando en la oscuridad hasta el cuarto donde el Enfermero se queda a dormir las noches que está de guardia. Mi novio abre la puerta del cuarto y entramos. Nunca antes yo había entrado allí. Contra una de las paredes hay una litera que solo tiene vestido el colchón de abajo con una sábana impecablemente limpia. Hay una especie de taquilla grande que parece un escaparate, cerrada con un candado enorme. Una silla del comedor y una mesa. Mi novio enciende una lámpara que hay en el piso junto a la litera. Lo miro todo, pero no veo la sorpresa que me prometió. Ni siquiera imagino qué sorpresa pueda darme allí.

Se acuesta en la litera de abajo y me pide que me acueste junto a él. Tengo miedo, y como siempre, el miedo me paraliza. Debo tener mis ojos enormes de vaca abiertos a todo lo que dan por el miedo, porque me arden. Mi novio se ríe y se para dándome la mano. Me lleva a la cama y me sienta junto a él. Comienza a besarme, a llenarme de saliva como siempre, metiéndome la lengua por dentro de la boca, chupándome los labios y abrazándome. Yo sigo pensando cual será la sorpresa. Me desabotona la blusa y mete las manos hasta la espalda intentando zafarme el ajustador. Después de intentarlo varias veces, resignado me saca las tetas del ajustador, dejándomelo puesto y abrochado. Me besa y muerde las tetas llenándomelas de saliva y yo no sé qué hacer. Me tumba de espaldas sobre la cama y sigue manoseándome las tetas. Yo sigo sin saber qué hacer. Miro el techo de la litera, miro cada objeto a mi alrededor y me molesta que antes de darme la dichosa sorpresa haga esto.

Me asusta la mano de mi novio desabotonándome la saya para meter la mano en mi blúmer. Intenta otra vez meterme el dedo como aquella vez y vuelvo a descubrir que estoy mojada. Siento una picazón rara allá abajo, como una cosquilla irresistible, y pienso que si mi novio moviera el dedo allá dentro, como si me rascara, quizás se me quitara aquella picazón. Pero mi novio saca el dedo para abrirse la portañuela y se baja el pantalón junto con el calzoncillo hasta las rodillas. Veo cómo su pinga dura mete un brinco y se queda parada un poco virada hacia la derecha. Mi novio me mueve el blúmer apartándolo para un lado, dejándome aquello al descubierto. Se escupe una mano y se frota con esa mano la pinga. Se pone sobre mí y sin darme cuenta me mete la pinga. Doy un grito de dolor, pero él me tapa la boca, mientras se esfuerza por seguir metiéndome la pinga dura. Siento como si estuviera metiéndome un edificio a empujones por ahí para adentro. Me duele, me arde.

Con el movimiento siento que el elástico del blúmer me está haciendo daño. Me roza demasiado. Me ahogo con su mano apretando mi boca. Tengo miedo, me duele y no puedo moverme. Estoy paralizada.

Él tiene los ojos cerrados, suda y mete a empujones esa pinga dura que siento es inmensamente enorme. De pronto hace como la otra noche. Se pone rígido, convulsiona como si tuviera un ataque epiléptico y de adentro de la garganta le sale un ruido raro como de un animal salvaje. Se queda quieto. Tiene la frente muy sudada, los ojos cerrados y siento que va aflojando todo su cuerpo. Se va aflojando hasta que cae sobre mí, desvanecido. No sé qué hacer, ni siquiera sé si ahora puedo preguntarle por la sorpresa.

Solo tengo ganas de llorar de dolor. Me duele todo y su cuerpo flojo sobre el mío me aplasta, me ahoga. No sé qué hacer, tengo miedo y ganas de llorar. Suena el timbre avisando que se acabó la Recreación y reacciono. De un empujón me lo saco de encima. Me paro y temblando me arreglo el ajustador, la blusa, el blúmer, la saya. Me abotono nerviosa. Me duele todo y me siento pegajosa, mojada, sucia. Tengo ganas de llorar. Él también reacciona y se para con los pantalones y el calzoncillo por los tobillos. El pulóver estrujado, la pinga encogida y mojada. Se limpia con una mano y se la mira sorprendido. «¡Mira, tengo sangre!», me dice asustado, y asombrado. Me mira. «¿Tú tienes la menstruación?». Yo niego asustada con la cabeza. Me mira asombrado. «¡Tú no me vayas a decir que es tu primera vez!».

Me duele todo y siento que voy a echarme a llorar sin control. Él intenta abrazarme, pero lo empujo. Salgo tropezando en la oscuridad. Corro por los pasillos, las escaleras, hasta mi albergue. Hasta el baño donde me encierro en uno de los inodoros. Lloro. Me duele todo. Despacio meto la mano allá abajo y lloro porque me duele todo. Me arde. Me duele. Saco la mano y la tengo llena de sangre y leche. Me duele todo y lloro. Lloro sin control mirándome la mano llena de sangre y leche. Lloro. El sexo definitivamente es una mierda. Lloro. Lloro sin control. ¡Es una mierda!

Obstinación de ostra

A E., mi primer novio de verdad

No sé por qué te busco, pero te busco. Tampoco sé qué pasará el día que te encuentre. Pero cuando el ocio me sorprende, te busco. Te busco y te busco sin éxito. No sé por qué te busco, pero te busco. ¿Qué edad teníamos? Éramos adolescentes, aunque el Internado en el campo nos hizo madurar a todos demasiado aprisa, nos aniquiló la inocencia experimentando con cigarros, mariguana y sexo. Y justo en medio de aquella locura adolescente te tuve a ti. O me tuviste a mí, ya ni sé. Y después de tenerte y perderte, solo sé que te busco, cuando ni siquiera te imagino en mis fantasías sexuales. Pero te busco.

A pesar de mis malas experiencias sexuales, yo seguía insistiendo en tener novio. Un novio para ir de la mano delante de todos, para tener escalofríos en la barriga mientras lo espero, para escucharlo decir que estaba loco por mí y que no podía vivir sin mí. Seguía insistiendo en tener un novio, pero un novio romántico más que carnal. Y quizás ese romanticismo ingenuo que todavía me acompaña en secreto cuando nadie me ve, me condujo hasta ti. Eras dos grados mayor que yo y muchas suspiraban por tu piel mulata, tus ojos claros, tu sabrosura al bailar, tu risa contagiosa. Pero eras un romántico, de esos que cantan José José a toda hora, regalan flores y dicen piropos tiernos mirándote a los ojos. Eras un romántico y me encantaba.

No recuerdo como llegaste ni como llegué a ti, pero ahí estábamos los dos sonrientes, solos en un banco del patio de la escuela, pegados en la oscuridad, besándonos. Yo era poco entusiasta de esos momentos sexuales que disparaban los sentidos adolescentes, pero tú llevabas el desespero en las manos después de romper una relación con una muchacha mayor que te enseñó todo lo enseñable. Llevabas el desespero en las manos y yo quería ir despacio, demasiado despacio para tu gusto.

Del banco del patio de la escuela pasamos al Pasillo Aéreo, del Pasillo Aéreo subimos a un pasillo del Docente, y un buen día encontramos un aula oscura y abierta. Un aula, serpiente del Edén, que nos invitaba a restregarnos uno contra el otro en la oscuridad, con el desespero que llevabas en tus manos. La blusa desordenada, la saya a punto de caer y tu desespero riéndose en mi cara de puro nerviosismo. Ese desorden que los adolescentes mantienen a punto del orden inmediato si son atrapados por un adulto.

Aquella noche a oscuras en un aula vacía nos besábamos con esas ansias adolescentes de curiosearlo todo, de probarlo todo, de degustarlo todo. La lengua metiéndose en todos los escondrijos de la boca, saboreando cada diente, milímetro a milímetro los labios, mucosas bajo registro. Nos chupábamos a conciencia restregándonos uno al otro, friccionando todos los bultos friccionables, metiendo dedos en cuanto hueco tuviera nuestra anatomía, apretando cada saliente de nuestros cuerpos con los dedos, los labios, las piernas, las caderas, la barriga. Apretándonos todo. Vigilando la puerta cerrada, el oído atento a cualquier ruido sospechoso y la calentura al máximo, sin freno, como dos ollas de presión a punto de reventar. Empapados por dentro y por fuera, llenándonos de saliva, sudor, gemidos, sustos, sin despegarnos ni detenernos en nuestro balanceo incontrolable cintura-cadera-cintura, uno contra otro, con la ropa a medio camino, pero vestidos.

Tu lengua iba cayendo de mi boca a mi cuello, de mi cuello a mis tetas, de mis tetas a mi barriga, con el mismo desespero de tus manos. De mi barriga tu lengua siguió bajando y yo quedé paralizada. Me abriste los muslos con decisión y tu lengua intentó lamerme, catarme, pero yo rápido reaccioné cerrando los muslos con fuerza como si fuera la bóveda de un banco, impenetrable. Fueron segundos de resistencia, entre tus manos que llevaban el desespero, tu lengua incontrolable y mi obstinación de ostra. Segundos de resistencia como milenios, paralizada, impenetrable.

Tus ojos reptaron por mi piel, me buscaron desde allá abajo implorando piedad. Tu lengua intentó una estrategia de asedio entre mis pelos, abundantes en esa época, con la ayuda de tus dientes. Asedio que iba desde los muslos hasta mi triángulo blindado de piernas cerradas con fuerza, impenetrable en mi obstinación de ostra. Enviaste la infantería de tus dedos para apoyar el asedio de tu lengua. Tus labios te ayudaban. Pero nada. Yo seguía en mi obstinación de ostra. Desististe porque la adolescencia hace reclamar lo inmediato desechando todo lo demás a puro aburrimiento.

Regresaste a concentrarte en mi boca en silencio. Otra vez nos chupábamos a conciencia restregándonos uno al otro, friccionando todos los bultos friccionables. Apretándonos todo. Apretando. Mi mano ya diestra fue para tu *zipper* a estrujar el paquete, arrancándote gritos sofocados de satisfacción. Manoseo, estrujamiento, apretazón y seguíamos besándonos restregándonos como dos gatos adorando la pata del sofá. Arrebatado te zafaste el *zipper* hasta que el pantalón cayó en un desmayo. Agarraste mi cabeza obligándome con demasiada fuerza a meterme entre tus piernas y otra vez, rápido, me rebelé negándome. Segundos de resistencia que bordearon la violencia. Tu frustración me oprimió tan fuerte un brazo que casi lloro. Una mano tuya me halaba el pelo en un intento desesperado de obligarme a arrodillarme frente a ti. Pero yo estaba plantada como un toro en mi obstinación de ostra. Una frase dura, apenas entendible por el susurro y la rabia, acompañó tu intento de doblegarme. Pero yo seguía plantada como un toro en mi obstinación de ostra.

Fuiste en minutos de las órdenes a las súplicas. Me acariciabas la cabeza, me besabas tierno implorando que lo hiciera. Volviste a intentar enloquecer mis sentidos chupándonos a conciencia, restregándonos uno al otro. Apretándonos todo. Apretando. Pero yo estaba a la defensiva y al menor gesto lengua-labios-boca hacia mis entre muslos, volvía a mi obstinación de ostra. Como siempre el timbre avisando el fin de la Recreación, venía como mi salvamento de último minuto. Acelerada organicé mis ropas, mientras tu furia iba creciendo con la frustración y la urgencia de masturbarte escondido en tu litera o en el baño del albergue.

Después de aquella noche lo intentaste tantas veces que perdí la cuenta. Solos en tu cuarto de tu casa, en parques, en aulas vacías, en el Pasillo Aéreo, en el patio de la escuela, en una trinchera del campo de tiro, en una cama del albergue. Lo intentaste tantas veces que perdí la cuenta y yo siempre estuve encerrada en mi obstinación de ostra. Negada, plantada como un toro.

Lo intentaste hasta que te aburriste y te fuiste con otra. Te fuiste con otra que seguro sí abrió los muslos y se dejó catar a gusto. Y yo lloré por tu piel mulata, tus ojos claros, tu sabrosura al bailar, tu risa contagiosa, y porque eras un romántico de esos que cantan José José a toda hora, regalan flores y dicen piropos tiernos mirándote a los ojos. Y ahora te busco.

No sé por qué te busco, pero te busco. Tampoco sé qué pasará el día que te encuentre. Pero te busco y te busco sin éxito. Y quizás cuando te encuentre, solo sea para comentarte que ya no tengo aquella obstinación de ostra, que ni siquiera me planto como un toro y que todo aquello que pedías primero ordenando y después suplicando, ahora lo hago de puro gusto, mucho antes siquiera de abrir los muslos. Quizás solo te busco para resarcir mi imagen de toro plantado en su obstinación de ostra. Resarcir mi imagen. Porque realmente no sé por qué te busco cuando ni siquiera te imagino en mis fantasías sexuales. Simplemente sé que te busco.

La vida podía ser una mierda

Existe un lugar en mi memoria
donde yacen
amontonados en perfecto orden
recuerdos oscuros
incompartibles
un lugar donde no hay ventanas
ni bombillos
ahoga
sofoca
destruye

Madrugar un domingo siempre era un fastidio, pero para ella la inminencia de compartir la mañana con las amigas del Preuniversitario, aunque fuera cargando bloques en la construcción de un hospital, era tentadora. Metidas en los pisos a medio construir y vacíos, chismeando sobre novios, sobre lo sucedido la noche del sábado, mirando los constructores sudados a su alrededor, entre bromas constantes, sin la vigilancia de profesores, porque todas ellas eran en ese momento el hombre nuevo cumpliendo con su deber y confiaban en ellas. Al pensarlo, sonrío.

25

Después de ponerse su ropa de constructora -*jean* viejo, pulóver cualquiera, gorra y botas- caminó cautelosa por la casona hacia la cocina. Todos dormían: s u s padres, su abuela, su hermana. Le gustaba caminar por la casona a oscuras y silenciosa. Su abuela siempre le llamaba la atención por hacerlo, caminar por la casona como un fantasma, sin encender una luz, sin hacer ruidos. Le gustaba hacerlo. El desayuno, para variar, no era nada del otro mundo, una leche aguada con café que siempre le daba dolor de barriga y un pan con azúcar semirrígido y medio agrio que se fue comiendo calle arriba hacia la Calzada. Atravesando el barrio también en silencio, dormido. Caminando despacio, disfrutando el amanecer porque a esa edad todavía la vida le era esplendorosamente maravillosa.

El domingo era el peor día para coger una guagua, inexistentes, pero la parada estaba repleta de gente malhumorada, somnolienta y callada. Gente con fe. Algunos paseaban acera arriba, acera abajo, impacientes por la guagua que no se veía pasar ni pa'llá ni pa'cá. Un desesperado se paró en la descolorida raya amarilla divisoria y como un vigía, oteó la Calzada desierta a ambos lados. Descorazonado se acuclilló en medio de la calle, desafiando un tráfico imaginario. Dentro de la sucia cafetería, un radio encendido con Radio Reloj mantenía al empleado y a unos cuantos más atentos a las monótonas noticias. Eran como un grupo de culto, colgados del mostrador que separaba la cafetería de la parada, inmutables, escuchando. El tiempo avanzaba y los pocos niños empezaban a moverse, intranquilos en su larga espera. Algunos salían de su mutismo para comentar en susurros sobre la escasez, lo difícil que estaba todo, sin dejar de lanzar miradas sigilosas a quienes estaban a su alrededor. Miedosos. El tiempo avanzaba y ya no llegaría temprano, así que ella decidió arremeter con el Plan B.

Se paró en el borde de la calle, con un pie en la acera y todo el cuerpo visible desde dos o tres cuadras más arriba, la vista clavada en el horizonte de asfalto, vigilando, expectante, en su mejor pose de pedir botella. Después de varios minutos vio a lo lejos dos carros que venían hacia ellos, salieron de la curva como escarabajos perezosos. La Calzada se estaba animando, pensó ella. Sacó una mano pidiendo, rezando, que uno de los dos carros se detuviera. Avanzó dos pasos hacia la calle mientras los carros se acercaban. El descorazonado de la raya amarilla se levantó evitando colisiones. Clavó su mirada en ella. Atento. Ella lo intuía por el rabillo del ojo, pero se concentró en parar uno de los carros. El tiempo avanzaba. Mientras se acercaban, agitó la mano con desespero. Igual su vestimenta no ayudaba. Pero siguió agitando la mano con desespero, y rezando. El primero siguió de largo. El segundo también y ella sintió que podría desbordarse en desilusión, falta de fe. Una mueca dolorosa iba formándose en su cara cuando de pronto sintió que el carro frenó unos metros más adelante. Se viró asustada y ansiosa. El chofer dentro del carro le hacía señas para que se acercara. Ella primero miró al descorazonado que miraba sorprendido desde la raya amarilla, le sonrió, y después echó a correr hacia el carro. Un breve diálogo: «me puede llevar hasta... sí, claro voy pa'llá... gracias». Y se montó en el despintado Moskvich con aquel desconocido que parecía buena gente, pensando que en definitiva la vida era esplendorosamente maravillosa.

No hizo más que sentarse y el hombre comenzó a acribi-
llarla a preguntas. Cómo se llamaba, qué hacía, qué edad
tenía, a dónde iba un domingo tan temprano. Ella colo-
quial contestaba todo, hablando de más, llenando el carro
apestoso a gasolina y humo, de detalles innecesarios. Pero
le encantaba hablarlo todo porque a esa edad todavía la
vida le era esplendorosamente maravillosa. Miró el reloj en
la muñeca del hombre y calculó que quizás le daba tiempo
a llegar temprano y a no perder el buen ritmo de méritos
implantados en su hoja de conducta de la Juventud. El
hombre hizo un silencio y volvió a la carga de preguntas:
tenía novio, qué quería hacer en su vida, qué profesión le
gustaba más para cuando terminara el Preuniversitario. Y
ella, inocente, le contó que quería hacer películas, escribir,
ser periodista, psicóloga. «¿Hacer películas?». Aquel desconocido interrumpió. Y ella se rio, con la inocencia man-
chándole los dientes, se rio. Sí, hacer películas como actriz,
como directora, como escritora, hacer películas, le dijo y se
rio. El hombre volvió a hacer silencio. «¿Tú sabes que para
hacer películas no puedes tener pena?», le soltó de pronto.
Ella lo miró extrañada. El hombre se apresuró en explicaciones: «Claro, no puedes tener pena... tienes que hacer
de todo... por ejemplo, si te piden encuerarte, tienes que
encuerarte». Ella lo miró más extrañada. «Bueno, sí, claro...
pero yo no voy a hacer películas de esas», le dijo ella en
un susurro. Él volvió a apresurarse en explicaciones: «No,
no estoy hablándote de eso... en las películas normales,
los actores también se encueran y no tienen pena». Ella lo
seguía mirando extrañada. «¿Tú no has visto películas de
esas americanas, donde los actores se encueran? En algunas cubanas también se encueran». Silencio.

El carro hacía un ruido con una de las gomas como si estuviera suelta y la llevara arrastrando. «¿Tú no has visto esas películas?». El desconocido insistía. Ella se puso seria y mirando al frente, asintió varias veces. «Pues ya ves, los que hacen películas no pueden tener pena, tienen que hacer de todo, hasta encuerarse delante de todo el mundo». Y afirmó con fuerza su comentario como si quisiera convencerla de algo. «¿Tú te encuerarías en una película?». Le soltó a quemarropa el hombre, mirándole de reojo las tetas enormes bajo el pulóver cualquiera. «Estamos cerca de donde me quedo», susurró ella como si fuera una plegaria. Silencio. «Estamos cerca de donde me quedo». Repitió más alto. El hombre la miró mientras se detenía en el semáforo. «No me respondiste». Ella sintió deseos de bajarse allí mismo. Abrir la puerta, bajarse y echar a correr, pero estaban demasiado lejos de la construcción, de sus amigas. «¿Por fin te encuerarías o no para hacer una película?», insistió el desconocido pasándose la lengua mojada por los labios mientras le miraba las tetas. Ella, asustada, cruzó los brazos para hacerle más difícil el paisaje. «No sé... creo que no, no sé». El hombre abrió los ojos de la sorpresa y le gritó como si estuviera regañándola. «¡¿Cómo que no!? ¿Tú no quieres trabajar en películas? ¡Pues no puedes tener pena y tienes que hacer de todo!». ¿Y que más daba?, pensaba ella. ¿Qué le importa a este tipo lo que quiero hacer o no en las películas? Ni siquiera sé si de verdad quiero hacer películas. ¡Este hombre está loco! Y mientras pensaba miraba asustada por la ventanilla, esperando un milagro que la salvara. Cambiaron la luz y el hombre arrancó de un tirón subiendo la Calzada. Silencio.

Faltaban unas pocas cuadras para llegar a la construcción, a las amigas. «En la próxima esquina me bajo», susurró ella respirando aliviada. El hombre la miró y se rio. Aceleró el carro y la esquina pasó como una escena en cámara rápida. «Yo tengo que bajarme aquí», dijo ella en voz alta, creyendo que el desconocido no la había escuchado antes. «No te preocupes que no te haré nada, solo quiero ayudarte. Te voy a enseñar hoy a perder la pena. Te voy a hacer una prueba». Ella lo miró extrañada, no comprendía nada. «¿Una prueba de qué?». «Te voy a hacer una prueba para ver si de verdad sirves para hacer películas». «¿Usted sabe de eso?». «¡Claro, trabajo en el cine, yo hago películas!». Y aceleró el carro, saliéndose de la Calzada por una calle que de pronto se convirtió en un camino de piedras con casitas de madera a los lados. Dobló y siguió. Las casitas se acabaron, y solo estaba el camino y la maleza. Ya había amanecido completamente. Se sentía el calor del sol saliendo. No había un alma y el Moskvich daba saltos que asustaban entre las piedras. De pronto el hombre paró el carro. En medio de la maleza alta, paró. Y el hombre se viró hacia ella. «¿Estás lista para la prueba?». «¿Cuál prueba?», preguntó ella tratando de disimular el miedo. «¡La de encuerarte! Tienes que encuerarte para ver si de verdad puedes hacer películas». «Yo no quiero encuerarme», dijo ella a punto del llanto. El hombre suspiró. «Bueno, no te preocupes, que poco a poco puede írsete quitando la pena… puedes empezar quitándote el pantalón. No tienes que encuerarte completa». «Pero yo no me quiero encuerar». Y ella sintió que las lágrimas la ahogarían. El hombre la agarró por el *jean* y la haló con fuerza. «¡Vamos mijita, no seas penosa, así más nunca podrás hacer películas!». Ella le lanzó un manotazo para que le quitara las manos de encima. El hombre suspiró resignado. «¡Está bien! Mira, para que pierdas la pena, ¡yo también me voy a encuerar!». Y sin pausa, se desabrochó la portañuela y se sacó «eso», blando y blanco. Con una mano comenzó a manosearlo y sacudirlo, intentando que se le parara. Ella miró por la ventanilla, lloraba. Silenciosamente lloraba.

No había un alma allá afuera. Solo malezas altas, amarillosas, quemadas por el sol. Hacía calor. Sudaba y lloraba, silenciosamente lloraba. El hombre le agarró la cara y le habló bajito, como para calmarla. «¡No tengas miedo que no te voy a hacer nada malo! Solo es una prueba para que puedas trabajar en las películas, para que seas buena haciendo películas, sin pena de encuerarte. ¡No tengas pena!». Y le viró la cara con fuerza hacia él para que mirara eso blando y blanco que se resistía a estar erecto. «¿Viste? ¡Yo no tengo pena!». Y se sacudía eso blando y blanco como si fuera un trofeo. Rápido estiró la otra mano y le agarró la entrepierna. Ella dio un salto del susto y le dio un manotazo. A partir de ese momento todo fue una locura. El hombre forcejeaba para tocarla, ella se resistía a manotazos y patadas. Finalmente el hombre la inmovilizó contra la puerta. De un salto se puso sobre ella, la incrustó contra la puerta y la inmovilizó. Con un brazo haciendo presión en su cuello, y la otra mano en eso blando y blanco, el hombre la inmovilizó. Ella respiraba fuerte, como si se ahogara. El hombre comenzó a masturbarse mientras le miraba las tetas y el susto en los ojos. Ella respiraba fuerte y lloraba, silenciosamente lloraba.

Todo duró unos segundos. De pronto el hombre lanzó un quejido como de perro triste, tuvo un espasmo y cerró los ojos. El brazo en el cuello de ella fue perdiendo presión y poco a poco, torpe, regresó a su asiento. Ella sintió que una rabia inmensa la ahogaba. Gritando como loca le fue arriba, dándole manotazos, patadas, arañándolo. El hombre esquivaba los golpes mientras se limpiaba eso blando y blanco con un trapo sucio y se recomponía. «¡Ya, ya, ya tranquila, tranquila, ya!». Le gritaba para que se calmara, pero ella solo sentía aquella rabia inmensa que la ahogaba. El hombre le agarró los brazos y la sacudió. «¡Ya, está bien, ya, tranquilízate!». Ella se quedó mirándolo mientras le corrían las lágrimas, silenciosamente le corrían. «¡De todas maneras no pasaste la prueba, vas a ser malísima haciendo películas! ¡No pasaste la prueba, así que dale que nos vamos!». Y furioso, arrancó el carro.

Ella no sabe cómo salieron de allí, cómo llegaron nuevamente a la esquina. Aquella donde tenía que bajarse hacía un rato. No sabe cómo llegaron allí. «¡Bájate que ya llegamos!». Y el desconocido la empujó para que saliera del carro. Como una autómata abrió la puerta, se bajó y la cerró con rabia, mientras el hombre arrancaba el Moskvich y salía chillando gomas Calzada arriba.

La Calzada ya estaba animada. Había gente caminando por la calle. El sol subía más y más. Ya se veía más tráfico. Pero ella estaba allí, parada en la acera llorando, silenciosamente llorando. Nadie la miraba, nadie la consolaba. Solo estaba allí, silenciosamente llorando. Algo, en algún lugar dentro de ella, se había roto, y justamente en ese momento, a esa edad, se dio cuenta que la vida no era esplendorosamente maravillosa. La vida podía ser una mierda o un desconocido dentro de un carro con eso blando y blanco, masturbándose en sus tetas enormes. Algo, en algún lugar dentro de ella, se había roto y ahí se quedaría, en silencio, llorando en silencio, por siempre jamás. La vida podía ser una mierda.

Vieja columna para un Lobo Estepario

Para A.C., entonces actor

Una columna puede ser la única ascensión posible al cielo. Y mucho más si detrás de esa columna me esperas tú. Oculto en la oscuridad. Fumando sin parar como de costumbre. Tu perfil serio y el humo a contraluz me anuncian la noche entre tus manos. A merced de tu boca. El pasillo entre los albergues está medio vacío a esta hora. Sobre nosotros muchos duermen, copulan, beben, ensayan, sueñan. Casi no nos vemos, somos dos sombras en la noche, invisibles, que se reconocen por el olor, por el tacto.

Llego y las colillas a tu alrededor me advierten de tu impaciencia. Tus brazos se abren para acogerme. Me besas como si fuera la última vez. Como si después de ese beso se acabara el mundo. Tus labios apretados contra los míos. Tu lengua recorriendo cada rincón. Tus dientes mordiendo desesperados como si fuera tu última vez, la única. Porque siempre me amas como si fuera la última vez.

Tus brazos me aprietan y nunca sé si es por protección o por miedo a que me escape. Me acurruco entre ellos, frágil, indefensa. Te encantan mis tetas, las de entonces, las descomunales de antes de la cirugía. Redondas, enormes, con grandes pezones rosados. Te encanta morderlas. Sumergirte de cabeza en ellas hasta la asfixia. Con la boca llena. Comiéndolas sin control. Comiendo mucho más de lo que tu boca puede masticar. Te encantan mis tetas y no paras de tocarlas, de chuparlas, de morderlas, como si fuera el único objeto de placer que existe en ese instante en el Universo. Te encantan mis tetas y yo no paro de moverme-friccionar mi clítoris tras dos capas de tela, contra tu pinga tras dos capas de tela también. Los ojos al cielo, la cabeza hacia atrás y tú atragantado con mis tetas. Sin detenerte, sin fin.

Mis manos te aflojan la tira del pantalón de ensayos y se cuelan ansiosas buscando. Unas figuras calladas cruzan por el descampado hacia las Cúpulas de Artes Plásticas, pero nosotros seguimos amparados en el camuflaje de la noche, de la columna. Mis manos logran romper el cerco de las dos capas de tela, del calzoncillo, y apresan tu pinga. El manoseo se hace inminente y sé muy bien lo que te gusta, los puntos exactos para enloquecerte. Una mano, mi mano, desde tu glande hasta tus testículos, y con la otra mano me toco a pesar de mis dos capas de tela. Tus manos ocupadas siguen en mis tetas hasta que logro con mis manos, tocándote los puntos exactos, romper la fascinación de tus manos-boca-lengua-dientes con mis tetas. De castigo recibo una mordida en mi labio inferior, pero no importa.

Tu pantalón pierde el equilibrio y cae sin sentido. Mi sayona logra por obra y gracia de algún fenómeno físico, permanecer alzada en mi cintura. Mis movimientos manuales se vuelven frenéticos y tú pierdes el control. Vuelves a castigarme mordiéndome los labios con salvaje tiranía.

Me aprietas fuerte la mano dentro de tu calzoncillo, forzándola a detenerse. En este punto soy una caldera de vapor al máximo, a punto de explotar, y lo sabes. Porque sabes leer cada gemido mío en la oscuridad, cada gesto, cada contracción. Experto, cuando me tienes al borde de la columna, allá en lo alto y a punto de lanzarme al abismo, me la metes de pronto sin piedad. De una sola estocada profunda, clavada completamente, sin misericordia. Y torturador sádico de mis deseos, logras que explote mi orgasmo casi sin moverte, sobre tu glande hinchado, hambriento, a punto de reventar. Mis espasmos, mi grito ahogado para no ser descubiertos por las figuras deambulantes, exprimen tu semen de una sola ordeñada y nos venimos juntos, de cara al cielo. Ese cielo limpio que tenemos entre los albergues y las Cúpulas, desde la columna, único testigo de nuestra cita.

Conectados, encharcados, sin fuerzas para despegarnos, escuchamos el ruido de nuestros fluidos al menor movimiento. Nuestros fluidos que furtivamente resbalan por nuestros pliegues interiores, buscando la salida hacia la noche. Todo es perfecto. Todo menos, extraño Lobo Estepario, que en un brusco movimiento me empujas lejos de ti. Me destierras del placer, maldices en voz baja, abiertamente, este deseo que te quema, este amor que te encadena a mis tetas, noche tras noche, detrás de esta columna, sobre cualquier muro de la Escuela, en tu litera, en las gradas de Elsinor, en cualquier rincón de ladrillos rojos donde nos atrape la noche. Me maldices, me reniegas.

Enciendes un cigarro que chupas furioso y en un acto de negación total, te quemas a propósito la palma de la mano. Apretando furioso la colilla encendida contra tu piel. «Recordaré el dolor de esta quemadura cuando no estés, cuando me faltes, cuando te vayas», me dices entre dientes y sé que te brillan los ojos de ira. «No me iré, siempre estaré contigo». Susurro. «¡Cállate! Recordaré el dolor de esta quemadura, en vez del placer de tu cuerpo». Repites y sé que tienes los labios apretados de cólera. Te miro asustada, con la certeza de la locura habitando entre tus huesos. ¿Pero quién no está loco entre estos ladrillos rojos? ¿Quién no está loco en esta escuela repleta de notas musicales repetidas, de trazos multicolores inconclusos, de movimientos danzarios hechos una y otra vez, de versos trágicos de Shakespeare, de arcilla maloliente apresada en tanques de metal? ¿Quién? «¡Vete!», me gritas. «¡No quiero amarte! Porque si no te amo, nunca te tuve, y si nunca te tuve, nunca te perderé. ¡Vete!». Gritas fuera de control, y algunas figuras oscuras apresuran el paso entre las sombras del pasillo. «¡Vete!». Y sollozas como un niño abandonado. Como un loco perdido. ¿Pero quién no está loco hasta el punto de creerse su propio personaje entre estas paredes de ladrillos rojos? «¡Vete!» Y sollozas, sollozas, y me voy. Con mi sayona estrujada, mis muslos goteando, mis tetas descomunales y los ojos secos de lágrimas de incomprensión.

En un último gesto de debilidad, antes de regresarnos de vacaciones a nuestras casas, vuelvo a tu litera. Adivino que llevas rato con la vista perdida, fumando sin parar y sin comer. Te beso buscando tu deseo. Te toco, te zafo la tira del pantalón de ensayos y rompo el cerco del calzoncillo. Tu pinga instintivamente se para con mi roce. Cierras los ojos y gimes. Cierras los ojos y te entregas a las ganas de manosear mis tetas. De pronto, abres los ojos y me aprietas las manos. Una vez más me detienes. Con los labios apretados y los ojos brillando de furia, me enseñas tu antebrazo quemado con las colillas de cigarro. «¡Vete!». Gritas ahogado. «Solo recordaré el dolor de estas quemaduras y no el deseo loco que tengo por ti porque el deseo es efímero, el amor es efímero, pero mi dolor será eterno». Y no sé si citas algún bocadillo o lo sientes.

«¡Vete!». Me gritas con todo el oxígeno de tus pulmones. Y me voy, Lobo Estepario, me voy para siempre. Me voy por más de veinte años. Me caso, me divorcio, tengo una hija, vivo exiliada en una ciudad tropical. Me voy por más de veinte años lejos de ti, de tus quemaduras de cigarro que prefieres al deseo loco, inmenso, que sentías por mí. Me voy por más de veinte años hasta que ahora descubro, después de celebrar silenciosamente cada año tu cumpleaños el 9 de febrero, descubro que nunca recordaste el dolor de las quemaduras como amenazaste y que siempre, siempre, tuviste el deseo loco, inmenso que sentías por mí. Porque tu dolor fue efímero, hasta el punto que no lo recuerdas, y tu deseo quedó latente. Pero ya estamos más viejos y menos locos, tenemos muchas ataduras, vidas en hemisferios diferentes, y no tenemos el cielo entre los albergues y las Cúpulas. Tampoco la columna aquella que pudo ser nuestra única ascensión posible al cielo, Lobo Estepario. Nuestro único camino de vencer al dolor y mantener el deseo, el amor, mi único y doloroso Lobo Estepario. Ya no la tenemos... y gracias a Dios, el dolor aquel siempre fue efímero, y el deseo... el deseo... latente.

Encuentro con un Piscis

A H. y el altar que no hubo

Siempre que me enredo con un Piscis ocurre de la misma manera. Lo conozco en un lugar al cual nunca quise ir y fui porque alguien me insistió. Y no es que ande por la vida enredándome con todos los Piscis que conozco, pero sí puedo asegurar que algunos Piscis han terminado enredándome para bien o para mal, y que son el signo de mis desamores.

Tenía diecinueve años y algunas grietas ya en mi corazón. La más reciente todavía me dolía y por eso no quería ir a esa fiesta a la que G me invitó con su nueva cita. Estábamos de receso de la escuela de teatro. Yo andaba con la G en esos días, y de farándula en farándula, terminaba durmiendo en su casa. Específicamente, llevaba dos días durmiendo escondida en la cama de su hermano. Y no porque su hermano me gustara mucho, sino porque en esos días necesitaba compañía para curarme de la dolorosa mordida del Lobo. Igual la mordida seguía doliendo demasiado porque el hermano de G también tenía su dosis de locura y no ayudaba mucho a curar la mía. Pintaba, era nihilista y entre sus sueños estaba ser enterrado con sus pinturas en un hueco profundo donde nadie lo molestara. Así que aquellos encuentros escondidos de madrugada en la cama del hermano de G eran más bien terapias mutuas, después de un sexo torpe, rápido y mediocre, mientras el alcohol hacía lo suyo. Yo lloraba por mi Lobo y él me contaba las incomprensiones del mundo a su alrededor. Como para cortarse las venas.

En esas andaba cuando G me invitó a la fiesta de cierta periodista muy conocida. Era una amiga de su nueva cita, un tipo que pretendía ser director de cine en Hollywood. G me insistió y terminé acompañándola, no porque quisiera, sino porque mis opciones no eran muy atractivas: sexo mediocre y terapia pospalo con su hermano loco, aparecer en mi casa a encerrarme a leer. o acompañarla a la fiesta. Opté por el alcohol gratis.

El sitio era un apartamento con muchos espejos frente a la desembocadura del Almendares. Alcohol, mariguana y muchos espejos. Era uno de los apartamentos más bonitos que visitaba y yo admiraba los espejos como una niña, porque todavía tenía una ingenua fascinación por ellos. Y porque la mariguana hace que las imágenes reflejadas se multipliquen como un calidoscopio muy gracioso. En esa especie de video clip ochentero donde me había metido la yerbita apareciste tú de pronto, sentado en el piso a mi lado y hablándome sin parar. Hablándome sin parar y yo sin entender nada. No sabía quién eras, pero estabas ahí hablándome sin parar en medio de muchos espejos. No bebías, no fumabas y solo tomabas refresco, pero igual estabas hablándome sin parar y yo no entendía nada.

No recuerdo si nos botaron o terminó la fiesta. Solo sé que seguiste a mi lado hablándome sin parar camino a casa de G. Era una calle oscura, G y su nueva cita caminaban delante, perdidos en la oscuridad. Y tú me acompañabas hablándome sin parar. Nos paramos junto a un murito de una casa cualquiera y me pediste muerto de risa que te enseñara las tetas. Debo habértelas enseñado porque tenías la pinga parada, bien marcada en el *jean*. Recuerdo tu pinga, pero no recuerdo si te enseñé las tetas. Mirabas nervioso a todos lados como si temieras que alguien saliera de la oscuridad y nos atrapara en aquel contrabando de tetas por pinga parada. Me insistías y agarraste mi mano, muerto de risa. Agarraste mi mano y la pusiste en tu pinga sobre el *jean*. Tenías bigote, pero no tenía deseos de exigirte una afeitada completa antes de besarme. La nota no me llegaba a tanto. Así que me besaste con bigote y todo, presionando mi mano contra tu pinga parada. Aun besando, seguías hablando sin parar.

Me besaste y me pediste que «te la hiciera». Me sonó cómico, todavía me sigue sonando cómico. Apretabas mi mano contra tu pinga parada y seguías hablando sin parar. Miré a todos lados, la calle oscura y desierta, G y su nueva cita ya no se veían, y tú seguías insistiendo en que «te la hiciera». No había muchas salidas a aquella situación. Me volviste a besar y ya me molestaba menos tu bigote. Besabas, besabas, besabas, de la misma manera que hablabas sin parar. Volviste a agarrarme la mano con fuerza pidiéndome que «te la hiciera». Los nervios te hacían reír de la misma manera que hablabas sin parar. Yo creía que estabas loco, después de muchos años juntos lo confirmé, pero eso ya es otra historia. Ahora estábamos allí, en

43

aquella calle oscura, junto a un murito de una casa cualquiera, tú con la pinga afuera y yo «haciéndotela».

Se me cansaba la mano de tanto friccionar arriba y abajo. Protestaba. Te excusabas nervioso mirando a todos lados, alegabas desconcentración por la calle oscura. Hacía calor. Sudabas. Yo sudaba y se me cansaba la mano de tanto friccionar. Protestaba. Me imaginé que tendría la mano ampollada de tanto «hacértela» y que llevaba horas «haciéndotela», pero realmente solo llevábamos minutos en aquella calle oscura. Protestaba porque ya se me estaba pasando la nota y aquella situación absurda me ponía de malhumor. Finalmente te viniste, ahogando los gemidos.

Te juro que ahora no recuerdo que pasó después. Supongo que nos limpiamos con algún pañuelo porque todavía en aquella época había pañuelos guardados en los bolsillos masculinos. Supongo que guardaste tu pinga encerradita detrás del *zipper* de tu *jean*, que en algún momento te enseñé las tetas y que terminaste acompañándome hasta casa de G. Pero te juro que ahora no recuerdo que pasó después. Tampoco recuerdo si esa noche dormí escondida en la cama del hermano de G. No sé. No recuerdo.

Eras Piscis y loco. Pero entonces no sabía que implicaciones tendría esa combinación. Nos volvimos inseparables porque tú te aparecías de pronto en la escuela de teatro y yo me volví habitual en el grupo de la Plaza de Armas, que eran tus amigos. Coincidíamos en conciertos, peñas literarias, Casa del Joven Trovador, exposiciones. Coincidíamos y nos volvimos inseparables. De tanto andar juntos, terminé enamorándome de tus locuras. Al principio para engancharme, me prometías que algún día me pintarías desnuda y hasta me hiciste varias fotos en el piso de tu casa, tirada y desnuda, con aquellas tetas enormes que después destrocé. Pero nunca me pintaste desnuda y nunca recuperé las fotos.

Me prometías y me prometías, hasta me regalaste un anillito de plata con coral rojo, una noche en el sótano de Línea e I, minutos antes de que Emiliano Salvador iniciara su descarga. Fue mi primer anillo de los tantos que me regalaste durante los años. Todavía lo conservo, manchado, en una cajita. Una mañana amanecí en tu camita del Cotorro, aquella camita cerca de la cocina de tu casita. No cabíamos y templar era un suplicio para que Y no se despertara. Nos volvimos inseparables, hasta que me propusiste casarnos. Simplemente casarnos porque venían las vacaciones de verano y no tendría excusa con mi padre para quedarme fuera de la casa toda la semana. Me propusiste casarnos para seguir durmiendo juntos. Me lo propusiste delante de los amigos en la Plaza de Armas y nadie te creyó. Nos pasamos días confirmando la noticia porque nadie te creyó. Hasta me dejaste diseñar mi propio anillo de compromiso.

Eran días buenos. Yo tenía diecinueve años y creía que el amor todo lo puede, todo lo cura, pero no fue así. No pude curar tu locura, tus accesos de furia, las broncas, los desgastes, la frustración, los maltratos, la amargura y la desilusión. No pude salvarnos y nos fuimos a la deriva.

Creo que ha sido de las épocas que más he llorado en mi vida. No pude salvarnos y nos fuimos a la deriva, y temía que en el naufragio me fuera ahogar sin remedio. No pude salvarnos porque hay muchas cosas que el amor no cura y tampoco es cierto que el amor todo lo pueda. Así

45

que simplemente me fui, físicamente me fui porque espiritualmente ya estaba muy lejos de ti desde hacía mucho tiempo. Me fui para salvarme. Me fui sin espejo retrovisor, sin hacer U más adelante, sin arrepentirme. Simplemente me fui para salvarme. Y sé que nunca me lo perdonaste y que siempre estuve ahí en algún lugar dentro de ti, pero eso ya es otra historia.

Una cama estrecha
y una ventana hacia el cielo

Al S. de hace tantos siglos

Todo comenzó en una cama. Una cama estrecha que formaba parte de la escenografía de la obra. Yo llegaba sudada y sin aliento después de atravesar media ciudad, montada en lo que fuera para llegar a tiempo al ensayo. Tú estabas siempre sentado, fumando y escuchando a J. Filosofaban, decían. Tu pelo largo amarrado en una cola. Tus manos tranquilas, que a veces seguían el ritmo de alguna canción de rock distorsionada desde un casete muchas veces escuchado.

El vaso con té era obligatorio antes de empezar, según las reglas de J. Así como la ceremonia de cerrar las ventanas, persianita a persianita, que ejecutaba J mientras nos hablaba de la obra, de los diálogos, de cada movimiento, de cada intención. Nos quedábamos a oscuras, con un bombillito amarrillo que oscilaba sombra-luz-sombra-luz según quien estuviera de pie, mientras sacábamos nuestros personajes. Mientras nos poseían.

Todo comenzó en esa cama estrecha donde en cada giro, cada roce, cada texto, nos asaltaba el deseo y nos acercaba más uno al otro. «Soledad pública», gritaba J. Y no-sotros decíamos de memoria nuestras pasiones, nuestras caricias, nuestros besos, nuestra rabia, mirándonos a los ojos. Y de tanto repetirlo, de tanto ejecutarlo, termina-mos, no sé por qué ni por obra y gracia de quién, tú sobre mí a horcajadas, con tu pelo suelto sobre mi cara, tu sudor goteando sobre mis hombros y tu aliento sobre mi aliento.

«Soledad pública», susurró J. Y nosotros justo nos dimos cuenta que estábamos en plena soledad pública, olvidados de J, de todo. Tus manos apretaban mis manos extendi-das, abiertas. Tus muslos apretaban mis caderas contra la cama. Tu vientre sobre el mío. Me tenías prisionera. Y sentí tu erección que iba creciendo hasta volverse indisi-mulable. Sentí el susto en tus ojos y la sorpresa en los míos que no tuvieron el valor de aguantar tu mirada. Los cerré por instinto, quedándome quieta. ¿Cuánto tiempo duró tu dureza? Segundos como siglos que terminaron cuando J susurró tu texto, creyendo que lo habías olvidado. Pero no lo habías olvidado, solo lo estabas disfrutando.

Una hora después, los dos sentados sobre la cama, las espaldas contra la pared, uno al lado del otro, mientras J preparaba el té de la despedida que ofrecía siempre con las conclusiones del día, susurré «todavía no conozco tu casa», intentando animar tus ganas de proponerme alejarnos de allí. Miraste serio tu cigarro como si te hubiera hablado él, inhalaste profundamente el humo y pensé que reprochabas mi propuesta. Después aprendí que tus silencios eran la manera de aceptar lo inevitable. Media hora después con tu boca dentro de mi boca, me afirmaste mirándome a los ojos: «Esta es mi casa». Y vi cerca de mí una cama idéntica a la de la obra, con otra ventana de persianas abierta a los edificios vecinos y una tarde caliente sin nubes que nos obligaba a desnudarnos.

Te gustaba tumbarte de espaldas mientras yo me penetraba. Mis piernas abiertas, los pies a los costados de la cama, firmes en el piso, tu sexo clavado por mí hacia dentro y yo sentada sobre ti, penetrándome, moviéndome sin frenar. No decías nada, no salía de ti sonido alguno hasta que descargabas la eyaculación dentro de mí. Y yo te miraba venirte como un loco, acostado debajo de mí, flaco, tu pelo largo suelto sobre la almohada de funda blanca, con los ojos perdidos por la ventana hacia fuera mientras tu semen retrocedía por mi vagina abajo y tu pinga se volvía pequeña allá dentro cuando me orgasmaba durante tu salida de mí. Aprendí a adivinarte los silencios y saber qué pensabas o querías por la intensidad de tus chupadas al cigarro.

Se volvió un hábito por las tardes, que era el momento justo que no levantaba sospechas en mi marido, que suponía que estábamos ensayando. Muchas veces salíamos de ensayar sobre una cama estrecha directo para tu cama estrecha. Me hablabas de tu exnovia mientras me levantabas la minifalda y yo te contaba algo de mi marido. Me besabas con ese sabor amargo de la nicotina mientras te soltabas el pelo, y el mío. Tocabas por impulso mis tetas y mi ombligo. A veces solo me tocabas, esos eran los peores días. Los que cuando llegaba al ensayo tú no estabas esperando, y J fumaba y tomaba su té en silencio, diciéndome con la mirada que estabas deprimido, tirado en tu cama, boca arriba, con las manos cruzadas bajo la nuca, mirando por la ventana abierta de tu cuarto hacia el cielo.

Perdido, deprimido. Como muchas veces te vi cuando llegaba asustada a salvarte.

Simplemente me abrías en silencio la puerta después que la golpeaba con puños y pies, y te gritaba que no me iba a ir de allí hasta que me abrieras. Resignado me la abrías porque me conocías y sabías que no me iba hasta que la abrieras. Volvías a tu posición sobre la cama estrecha, mirando al vacío, deprimido, perdido. Yo me sentaba al borde de la cama con mi minifalda que se subía y dejaba al aire mi tanga blanca -por entonces usaba tangas blancas de algodón-. Te hablaba, te hablaba, pero tú solo mirabas al vacío y como sabías que no me callaría, me balbuceabas frases fatalistas. Te quejabas del gobierno, de la realidad, del no futuro en aquella Isla que nos mantenía encarcelados dentro de su cerco de agua. Y me tocabas. Tus manos iban directo a mi entrepierna mientras me contabas tus desesperanzas.

Me tocabas, me tocabas los muslos, me friccionabas con tus manos la tanga hasta lograr que mi clítoris se inflamara sin control, me tocabas los labios por encima de la tela y me penetrabas con un dedo. Me tocabas subiéndome más y más la minifalda hasta dejarme casi sin ella, hasta que yo enloquecía de tristeza entre tus manos y solo quería salvarte de aquel desconsuelo.

Como una poseída te desnudaba completamente y tú te dejabas mientras yo mordía tus tetillas con rabia, te recorría con mi lengua desde el cuello hasta el ombligo, te arrancaba el glande con los dientes para sacarte de aquella depresión, te chupaba los huevos, el culo. Y te soltaba el pelo sobre la funda blanca de la almohada, aquel pelo lacio que me envolvía mientras tu aliento me entraba por la garganta. Me quitaba la minifalda y me sentaba sobre ti. Abierta, con los pies firmes en el piso y tu pinga dentro de mí.

Te movías conmigo agarrándome fuerte por las caderas como si temieras que me fuera contigo por aquella ventana hacia donde te escondías de la realidad, como decías. Te movías en silencio hasta que tu eyaculación detonaba y tu pinga se volvía pequeña allá dentro. Después te animabas, sonreías, encendías un cigarro, te recogías el pelo en una cola como un acto de declaración de guerra e íbamos a ensayar. Le gritabas a J que ya estabas bien y J afirmaba asombrado que yo era quien único te sacaba de las depresiones. Pero yo sabía que mentías y que no estabas bien, que seguías allí en aquel lugar y que si no te fugabas para siempre de la Isla ibas a terminar perdido en aquel sitio desconocido que solo tú conocías, lejos de la realidad, solo, deprimido. Perdido. Y por las noches en mi casa, acostada junto a mi marido pensaba en ti y quería salir corriendo a tocarte la puerta, a golpearla con los puños y con los pies hasta que la abrieras, y abrazarte fuerte para anclarte en tierra firme y saber que no te perderías en ese lugar donde te escondías de la realidad, como decías. Pero aunque te lo dije muchas veces, nunca tuve el valor de dormir una noche completa en aquella cama estrecha, abrazándote fuerte para anclarte.

¿Por qué terminamos? Te pregunté muchos años después cuando llegué a tu casa muerta de frío y manejando sin parar por cuatro horas bajo la lluvia desde Mayami. Tú tampoco te acordabas. Tu cuarto en tu nueva casa estaba como dijiste «under construction», y nos fuimos a pasar la noche en un hotel cercano. Los dos juntos en una cama

Queen, con una botella de ron y mil chismes que contarnos. Me dijiste que ya no te deprimías, que no escuchabas rock porque ahora eras salsero, que te enamoraste de aquella ciudad tan gringa por el río enorme que desemboca en el Atlántico, que tenías una moto colosal como siempre quisiste, que eras feliz. Y yo intenté adivinarte el silencio como antes para ver si decías la verdad. Pero ya no tenías silencios y me afirmaste que te acordabas de mí sentada en el borde de tu cama estrecha, de mi minifalda y de mis tangas blancas de algodón que convertiste en fetiche sexual, y me confesaste que ya no podías templarme nunca más porque me querías demasiado, desde siempre. Y sentí tu pinga quedarse pequeña fuera de mí, junto a mi nalga mientras estaba acostada de espaldas a ti, y no hubo erección.

Y por primera vez dormí una noche completa junto a ti, en una cama ancha, y no hubo necesidad de abrazarte fuerte porque ya estabas anclado en tierra firme, como vi unos meses después en el cibersolar cuando te casaste con la misma mujer que me hablaste aquella noche cuando sonriendo me soltaste de pronto que ya teníamos cuarenta años y que te preocupaba no tener hijos. Y supe mirándote a los ojos, que ya no tenías perdidos por una ventana hacia fuera, que por primera vez decías la verdad, que realmente estabas bien y que ese lugar ya no existía porque ni siquiera existía la realidad. Aquella realidad que una vez nos unió sobre una cama estrecha, con una ventana de persianas abierta al cielo, lo único que entonces teníamos completamente libre en aquella Isla que nos mantenía encarcelados dentro de su cerco de agua.

Degustación de ébano

A Pupy que en paz descanse

La primera vez que te vi estabas bailando en el patio de la Casa de África. Era una tarde cualquiera que son las mejores tardes para recordar. En una esquina los tambores batá sudaban a chorros con los golpes que hacían balancear rítmicamente a los presentes. Yo estaba allí porque nos presentarían para proponerte que bailaras en el documental que estábamos grabando. Llegamos tarde y nos mezclamos con los turistas carapálidas, así le decíamos a los europeos que por manadas invadían las calles de Labana en busca de las raíces negras de nuestra sangre. Unos bailarines daban giros y giros embutidos en sus trajes folklóricos de orishas. El calor humedecía cada recoveco de la multitud y el olor ácido de los solares se me pegaba a la ropa por más que intentara espantarlo a golpe de brisa con mi abanico. Silencio, los bailarines desaparecieron y la voz líder comenzó a cantar seguida del coro. Tarareé bajito el ritmo que conocía como religiosa, era el llamado a Changó, el dueño de los tambores, de la fiesta, del baile. Un grito zarandeó una esquina y por extensión, tras el grito, apareciste tú, descalzo, las trenzas amarradas en un pañuelo rojo, con el hacha en una mano y con la otra aguantándote los genitales. Dueño del rayo que fulminó mis poros y me dejó a merced del corrientazo ese que me latió en el clítoris y subió vagina adentro hasta la boca del estómago para dejarme sin aire. Tus pies comenzaron a marcar el ritmo y yo perdí el mío, a cada paso tuyo mi garganta se secaba y solo persistía el afán de hidratarme lamiendo despacio cada gota de sudor que corría por tus músculos, que por momentos se convertían en alas-golpe-aire con cada giro. Tus manos enormes, fuertes, que acariciaban tu entrepierna en el baile provocador del santo, ese acto público de mostrarte macho alfa, se convertían a su vez en mis manos que atrevidas navegaban por mis muslos ajenos a la multitud hipnotizada con tu baile, en un acto reflejo de convertirme tú.

A cada vuelta tuya atrapaba con mis dedos el aire que traía tu olor de varón en celo y lo guardaba entre mis tetas para que nadie me descubriera el fetiche. Giraba en tus caderas al ritmo de tu ombligo ya mío, me perdía entre los pliegues de tu piel sudada y me penetraba con tu hacha en un intento vano de poseerte. Tus ojos, por Dios tus ojos, hurgaban mi deseo y mantenían la mirada fija de los míos, delatores de las ganas que me quemaban las entrañas. Bailé músculo-vena-tendón-huesos en cada nota que salió del Mayor y en cada frase del líder. Te dejé usarme a conciencia, clavarme al piso como una bestia acorralada de tu aliento, llenarme los poros de selva africana atardeciendo, como si solo hubiera nacido para tus humedades y tus pecados. Te dejé vapulearme entre tus nalgas, brazos, y recorrí tu cuello abajo por la línea recta que traspasa tu glande para detenerme exhausta, agazapada entre tus sudados testículos. Oculta a la mirada sentenciosa de los más conservadores del grupo que me rodeaba y que ya sospechaban mi morboso olor a ti. Gritaste, grité y los tambores callaron. ¡Maferefún Changó! Y como un diablo saliste del escenario mientras yo cerraba los ojos, tratando de recomponer mi compostura.

Los demás bailes pasaron sin sentido, o simplemente los obvié por estar atenta a tus movimientos tras bambalinas. Todo acabó y los carapálidas se abalanzaron sobre los artistas, a la caza de algún negro que les enseñara esa noche algo más que la Luna sobre el Morro. Pero mi brújula me llevaba irremediablemente al sur de tu boca y apuré el encuentro.

Nos presentaron finalmente y me diste esa mano inmensa, dura, deseada, y esa sonrisa muy tuya que iluminaba los pecados inimaginables. Retuve tu mano y al acercar los rostros para el saludo, te dije suave al oído, imperceptiblemente suave: «Quiero tu cuerpo de ébano en mi cama». Y volvió a mojárseme lo mojado con tu respiración detenida cuando apretaste mi mano y respondiste en susurros también: «Tú mandas, blanca». De ahí en adelante hay un tramo que no recuerdo mucho, todo es un collage de calles sucediéndose bajo nuestros pies, el grupo nos seguía y yo seguía tus labios como un halcón amaestrado detrás de su general, una casa en Aramburu y Zanja, el tambor llamando al baile, la botella de ron que se pasa de mano en mano, risas, cuentos, miradas furtivas y una seña cuando se cierra la puerta.

Todos desaparecieron y solo quedamos tú y yo, yo y tú, y afuera la noche que invita cayendo en una ciudad en ruinas. Me agarraste por el pelo para destrozarme el moño y lo mezclaste con tus trenzas, me subiste en tus brazos a la barbacoa de la perdición, te desnudaste despacio comiéndome con la mirada mientras te degustaba a pupila, sabiendo el efecto que producía tu cuerpo de ébano descubierto pieza a pieza ante mi impaciencia, te sentaste dios yoruba al borde de una cama que dudé resistiría, y dócil, con la delicadeza del cazador que descuartiza la presa, me desnudaste a mordidas para sentarme sobre ti, lanza de mis ansias, mástil de mi vientre bandera, galope negro en la noche oscura donde a cada sacudida el tambor volvía a poseerme como si mis caderas fueran las manos que lo tocaban.

Me puliste la piel a saliva, a manotazos, a dientes afanosos que no paraban ante mi pedido de clemencia, a ensartadas certeras mientras me sentía amazona a lomo pelado sin control. El orgasmo me vino desde las amígdalas quemando cada vuelta de mi intestino hasta desembocar por algún milagro anatómico en la punta manantial de tu pinga. *Woman on top* te lancé boca abajo y recorrí cada milímetro de tu madera negra con mi lengua, enloqueciéndote mientras la penetraba en tus huecos, mientras dibujaba mi apetito desesperado de reducirte con mi boca, mientras mi clítoris friccionaba tus nalgas firmes y mis manos recorrían tus durezas.

Estuvimos batallando hasta casi el amanecer, en un ciclo vicioso de poseernos, eyacular, dormitar, poseernos, eyacular, dormitar, hasta que un gallo urbano me hizo concientizar mi falta: yo estaba en una casa ajena, en una cama sostenida por alguna ley no explicada opuesta a la gravedad, yo mujer a punto del divorcio, pero casada, atrapada sin remedio entre los muslos de un desconocido de cuarenta y cinco años. Gracias a todos los santos, el gallo se calló y el recuerdo de su grito llegaba como un retazo de algún sueño, donde volvía a caer en el remolino de mis ansias con tus manos espabilándose y buscando mis carnes debilitadas. Tus manos, Dios mío tus manos, enormes, duras, fuertes, tocándome lo intocable, buscando lo insaciable, acariciándome hasta perder la cordura, la sensatez.

Tus manos y me enredaste, abatida, rendida y sin armas, me enredaste una vez más en tus trenzas, en tu hacha sentada sobre tu vientre, de frente, mirándote a la cara hasta desmayar uno por uno los sentidos, me enredaste. Changó mi padre sabe cómo me enredaste y como después de semanas sorbiendo de mi vicio, tu vicio, tuve que exorcizarme las carnes, el alma y ganar la peor de todas las batallas: la de la cabeza sobre el corazón para poder sobrevivir a mi zombi-deseo que me hacía perderme Zanja y Aramburu buscando sentarme sobre tu vientre sin control, sin pensar, fugitiva-cimarrona que no escuchaba consejos, advertencias, ni regaños, y que tenerte, tenerme entre tus manos, me costó severas prohibiciones de boca de mis santos. Tuve que exorcizarme hasta que te perdiste horizonte al Norte y no paraste hasta asentar tu tambor en la esquinita habanera de Central Park, lejos de mi lengua, lejos de mis ansias siempre inconclusas y con el tiempo, ese que el poeta nombró implacable, pasando años sobre recuerdos.

Un día cualquiera, que son los mejores días para recordar, una amiga me grita en el cibersolar que te vio, fantasma de ti caminar por Aramburu, enfermo perdido que busca la paz para morir en su cama, aquella que resistía nuestras embestidas a pesar de su fragilidad. No le creí nada porque a pesar del tiempo, tu deseo latía suave en alguna arruga vaginal escondida cuando la nostalgia amenazaba con aniquilarme. Después me anunció tu muerte y tampoco le creí nada porque los dioses de ébano son eternos, pero por si acaso te googleé y te vi, Changó entre recuerdos, bailando en imágenes grabadas por desconocidos, tus nalgas firmes, tus muslos macizos, tus manos, por Dios tus manos enormes, fuertes, duras, aguantándote los genitales y esa sonrisa tan tuya que iluminaba los pecados inimaginables. Te vi recordado en un homenaje, Maestro te llamaban y yo recuerdo que te gemía llamándote mi negro, mi talla, mi amo, en aquellos días de alucinaciones y pesadillas. Te vi y se me removió la memoria. Cerré los ojos y escuché tu grito, sentí tu aliento arrancándome el moño y mezclándolo con tus trenzas, saboreé tus músculos de ébano, degustación del recuerdo, te miré a los ojos, de frente, sentada sobre tu vientre mientras el sudor me caía por la espalda y mis caderas eran el eco del tambor, y te susurré suave al oído, imperceptiblemente suave: «Adiós mi talla de ébano, ya no es necesario exorcizarme, tú ganaste porque igual me he pasado la vida desobedeciendo las prohibiciones y reproduciéndote en otros ébanos, adiós». Y te vi partir, bailando, con el pañuelo rojo amarrando tus trenzas, el hacha en una mano y en la otra tus genitales, Dios mío tus genitales enormes, fuertes, que ya nunca más regresarán del más allá aunque el tambor te llame, me rocíe de agua bendita y encienda este tabaco hoy, a tu memoria. Descansa en paz, mi talla de ébano.

Cuatro manos, un piano y una flor

A M.N. y su piano

Cuando pienso en ti solo vienen a mi memoria canciones de Pablito, una detrás de la otra como una victrola de batería eterna. Cuando pienso en ti veo un piano solitario en el escenario, iluminado con un cenital azul y polvo a trasluz subiendo en espiral, en un inmenso y conocido teatro habanero, aquella tarde vacío, además. Cuando pienso en ti siento el tenue olor de una flor, aquella flor que sacaste de un ramo olvidado y me regalaste para que yo tuviera la seguridad de que ibas en serio. Cuando pienso en ti veo un colchón mal vestido y tirado en el piso, ventanas de madera cerradas dejando entrar fugitiva la suave luz de la tarde y tu rostro sonriendo mientras mirabas mi sorpresa en estos enormes ojos que siempre me acompañan. Cuando pienso en ti hay silencio porque tus manos, tus frágiles y educadas manos de pianista, teclean sin cesar sobre mi cuerpo como si tuvieras la certeza que de tanto tocarlo, sacarías música de él. Cuando pienso en ti hay silencio y dolor.

Pienso en ti y recuerdo que llegaste cuando mi matrimonio iba irremediablemente en picada, en una segunda y última oportunidad de salvación, pero era tan joven que todavía no había aprendido que un corazón roto es muy difícil de zurcir sin que se le vea la costura y falten pedazos. Pero tú no sabías nada de esto, solo me viste vulnerable, aquella tarde cuando nos conocimos mientras yo hacía un documental sobre el último disco de uno de los grandes poetas-cantantes. Esa tarde mi facha de trabajo era de lo peor: *jean* gastado, un pulóver cualquiera y para colmo el pelo lo tenía recogido en el moño más anti sexi que alguien pudiera confeccionar, rematado con un maquillaje casi al estilo de la Gioconda. Pero igual tuviste el ojo certero de ver una mujer frágil y lista para perecer presa en lo más bajo de la escala alimenticia, y mi hecatombe personal era tan inmensa que ni siquiera reparé en tus ojos, esos ojos sagaces de bestia lista para atacar.

Pienso en ti y me veo en aquel laberinto oscuro detrás del escenario, alrededor la música, tu música que se repetía una y otra vez, de vez en cuando tu voz dando órdenes precisas y luego silencio. Pienso en ti y te veo, bestia agazapada con un cigarro encendido, fumando recostado contra tu carro, calculándome, esperándome y yo cansada evadiéndote porque entonces te veía inmenso e indeseable. «Te llevo hasta tu casa», decías y yo siempre distante: «No, gracias». Y te daba la espalda despectiva, la misma espalda que tus dedos teclearían sin cesar buscando mi música, porque ya sabías que no tendría escapatoria, que habías logrado alinear los astros a tu favor y que llegaría el día en que ceremoniosamente me sacrificarías a tu antojo. Porque ya sabías y por eso esperaste paciente día tras día.

¿Todo fue muy rápido o lo edito cuando pienso en ti? Silencio, yo sentada cansada y a oscuras en una butaca de aquel teatro inmenso y conocido, silencio y unas notas de tu piano. De pronto se enciende una luz cenital azul y estás solo tocando. Tus dedos recorren las teclas que me seducen, me acarician, me desnudan y teclean, teclean, teclean. Me vuelvo música, te vuelves música, música hechicera solo para ti y para mí. Tus dedos no paran de teclear suavemente sobre mi piel y la música viaja sensual desde el escenario hasta secretearme «te deseo» y amarrarme en líneas de pentagrama, bien apretada para que no escape, pero esa tarde ya no escapo, porque viene el silencio, silencio y tu voz, única, inconfundible: «Esto fue para ti». Finalmente ya no puedo escapar porque a partir de este punto todo es un sueño, un mareo a mis sentidos que solo trae retazos desgarrados de la historia.

Veo un ramo olvidado en un camerino sucio y tus dedos ladrones roban una flor que me regalas: «Para que veas que es serio... te deseo». Veo tu carro, la ciudad acuosa por el calor tras el cristal y una habitación con un colchón mal vestido y tirado en el piso, ventanas de madera cerradas y la tarde entrando diluida por los agujeros, tu rostro sonriendo ante mi sorpresa y tus dedos tecleando, tecleando sobre mi piel hasta lanzarme al vacío como el polvo a trasluz en espiral. Me desnudo sobre ti, me desnudo, suave rítmicamente mientras tecleas mis carnes y me obligas a sentarme frente a tu boca mientras me besas. «Yo sabía que caerías», dijiste y se abrieron las puertas del Infierno porque tus dedos no pararon de teclear mis tetas, mis nalgas, mi cuello, mi espalda, mi todo. Y la música dócil me envolvía sin remedio y yo cansada, no luchaba, ya no quería luchar.

Cuando pienso en ti escucho un teléfono que suena sin que nadie conteste. Silencio, silencio, silencio y la flor marchita dentro de un libro. Cuando pienso en ti me vienen noticias a través de amigos: «lo vimos», «está casado», «preguntó por ti», «salieron de viaje». Cuando pienso en ti me veo tirada en un colchón mal vestido en el piso, tres días tirada sin comer, encerrada, sin hablar, sin saber que existe un mundo allá afuera, detrás de las persianas metálicas de mi cuarto donde entra fugitiva la suave luz de la tarde, llorándote, llorándote, llorándote. Cuando pienso en ti te veo, con tus ojos sagaces de bestia lista para atacar, detrás del timón de tu carro, recogiéndome casualmente en Quinta Avenida y mi sorpresa en estos enormes ojos que siempre me acompañan. Cuando pienso en ti me duele porque ese día, esa tarde, me dijiste que no me olvidaste, que todavía me deseas, pero que no podías, no podías seguir conmigo y por eso desapareciste. Cuando pienso en ti me veo, desamparada de mí, desamparada de todos, caminando bajo el sol mientras te alejas en tu carro y yo llorándote, llorándote, llorándote.

Cuando pienso en ti... ¿Por qué hoy pienso en ti? ¿Por qué hoy después de tantos años? No sé, serán las canciones de Pablito que vienen una detrás de la otra en el muro del cibersolar de un lejano amigo y que irremediablemente me llevan a ti, a tu piano, a tus dedos tecleando, tecleando, tecleando sin cesar sobre mi cuerpo que hoy tiene la certeza que de tanto tocarlo, tiene música propia. No sé, será que cuando pienso en ti hay silencio y dolor, y hoy, este día, esta tarde después de tantos años, es un buen día para pensar en ti. Cuando pienso en ti...

Primer encuentro fallido

A O., por amarme con demasiada poesía

El portal está oscuro. Como siempre. Llegamos y miro la ventana del cuarto de mis padres. Está apagada. Están durmiendo. ¿O no? La sala está encendida insinuando que mi padre está leyendo sentado en su sillón. Vigila. Me vigila. Me espera, aunque soy una mujer a punto de divorciarme. No importa, mi padre siempre me vigila. Siempre me espera. No puedo subirte a escondidas a mi cuarto. Mi padre lee, me vigila y me espera. Es imposible romper el perímetro desde su sillón, aunque mi cuarto queda a kilómetros de su espera, es imposible. Tú estás contemplándome, excitado. Yo estoy loca por besarte, más arrebatada de lo que te besé mientras estuviste recitando versos. Toda la noche recitando versos desde que salimos del cuarto de edición. Editas tu tesis de la Facultad y yo te doy vueltas como un águila para agarrarte desprevenido y cazarte.

Todo empezó con una escena del orgasmo. Editabas un orgasmo para tu tesis. Tú poético, jugabas a planos detalles de las manos agarradas, apretadas en el momento del clímax, la luz tenue sobre las manos, la escena sugerida. Yo salvaje, criticaba que censurabas los cuerpos sudados, mezclados, fundidos, el sexo crudo que no enseñabas. Me hablaste de poesía, de metáforas, de luz, y yo mirando tu camisa blanca a medio abrir, tu pañuelo amarrado al cuello, tus sandalias de cuero, tus manos enormes que gesticulaban mientras recitabas. Te hablé de sexo frontal, las curvas entre la sábana, el movimiento, la penetración directa en la imagen, y tú mirabas mi *jean* apretado, mi pulóver que marcaba mis tetas, mis manos pequeñas que gesticulaban mientras describía.

El portal está oscuro y yo recuerdo el orgasmo en la pantalla, tus manos enormes. Me siento en el murito, de frente a ti con las piernas abiertas. Mi pose de murito. Hablamos y yo sigo mirando tu camisa blanca a medio abrir, mi garganta se reseca, me paso la lengua por los labios, los de arriba. Deslumbrada como una niña, te toco el pecho. Te metes entre mis piernas, me agarras las nalgas y me empujas hacia ti. Me besas con toda la boca, con toda la lengua y ni me acuerdo de tu bigote, que nunca me gustaron y sueno repetitiva. Me empujas hacia ti con fuerza. Siento tu pinga contra la costura de mi *jean*, contra mis labios, los de abajo. Siento tu pinga y la toco. ¡No puede ser! Es la monstruosidad más enorme que he tocado. ¡No puede ser! Recojo mi mano asustada. Tú arremetes con más fuerza, empujándome hacia ti, con tus manos enormes en mis nalgas empujando mientras me besas. Agarras mi mano y la guías nuevamente hacia tu entrepierna. Me obligas a abrir el *zipper*, yo forcejeo un poco. Me hago la tímida. Solo me hago porque soy un volcán tapado a punto de bullir. Pasa alguien por la esquina silbando una rara canción. Te asustas. «No pasa nada, en mi barrio todos me conocen». Aprovecho y suelto la mano, y me abrazo a ti. El silbido de la rara canción se hace más lejano. Me besas con torpeza, con ganas de comerme, exploras toda mi boca, mi lengua, mis dientes, hasta la garganta. Agarras mi mano nuevamente contra tu entrepierna. *Zipper* abierto, botón abierto, y metes mi mano dentro de tu calzoncillo. ¡No puede ser! Es la pinga más enorme que he tocado. ¡No puede ser! Retiro la mano asustada. Echas la cabeza hacia atrás y me miras extrañado. Mi cabeza empieza a procesar información a mil revoluciones por minuto. Ardo.

¿Pero dónde me meto eso? Intento sonreír, convencida que sale una mueca patética. Me separo de ti y miro para tu pantalón abierto. ¡Definitivamente es la pinga más grande que he visto! Parada es un monstruo y, ¿dónde meto ese monstruo? Sudo frío, estoy nerviosa, pienso en Silvio implorando: «Ojalá pase algo que te borre de pronto, una luz cegadora, un disparo de nieve». ¿Qué hago? Rezo: «Ojalá por lo menos que me lleve la muerte para no verte tanto». Para no ver ese monstruo parado, erecto, a punto de atacar, de engullirme, de penetrarme y rajarme las entrañas, la vida, el alma. Estoy nerviosa. «Me tengo que ir, mi papá está despierto esperándome». Te empujo lejos de mí, de mi fragilidad vaginal que avizoro. Saco mi llave y rápido busco la cerradura en la puerta, en la oscuridad, mientras siento la respiración de ese monstruo en una de mis nalgas. Suelta fuego, me quema el *jean*. Una mano tuya, enorme, intenta aplacarlo, pero se encabrita, ruge, huele mi miedo y quiere penetrarme, matarme.

La puerta no abre, o yo no encuentro la cerradura, no sé. Mis manos tiemblan. Tú me miras extrañado sin saber qué hacer. «¿Qué hago ahora, qué hago con esto?». Y me enseñas el monstruo que inútilmente intentas estrangular con tu mano, enorme. Me mira fijo con su ojo ardiente, suelta espuma, se babea de rabia, enrojece sin oxígeno, huele mi miedo, me quiere comer, penetrarme, matarme. Se acerca a mí, rabioso, inmensamente peligroso. Entro en pánico. Rezo: «Ojalá que el deseo se vaya tras de ti». Miro aterrada a ese monstruo que se acerca a mi nalga indefensa. Rezo: «Ojalá que no pueda tocarte ni en canciones». Pero se acerca, babeante, desbocado, peligrosamente feroz y quiere penetrarme, matarme. Desesperado repites «¿Qué hago con esto?». Se abre la maldita puerta, finalmente. «¿Eso? ¡Eso se lo vas a meter a tu madre!».

Entro y cierro de un tirón. Me recuesto asustada contra la puerta. El corazón lo tengo a galope y los pulmones a punto de colapsar. Intento calmarme, pero siento el jadeo de tu monstruo. Entro en pánico y creo que me vigila por la mirilla de la puerta, me acecha buscándome, oliendo mi miedo. Aterrada corro escaleras arriba. Llego donde mi padre sentado en su sillón, leyendo. Lo saludo con un gesto y me meto de cabeza en el refrigerador. Tomo agua con desespero, me atraganto, intento enfriarme, pero el monstruo me persigue.

Cierro las persianas de mi cuarto. Me encierro. Desnuda sobre la cama. Metida bajo la sábana, escondida. Cierro los ojos y rezo: «Ojalá las paredes no retengan tu ruido de camino cansado». Pero las paredes no me esconden. Aprieto los ojos y rezo. La somnolencia me va envolviendo. Me relajo. Me duermo. De madrugada despierto de golpe. Estoy empapada en sudor. Jadeando. «¿Seré comemierda?». Tu pinga, la pinga más grande que he visto y tocado en mi vida se me hace líquida en la mano. «¿Seré comemierda?». Y la dejé escapar, enorme, riquísima. Saliveo. Me paso la lengua por los labios, los de arriba, y toco los de abajo. «¿Seré comemierda?».

Me flagelo con las dos manos. Con una mano me toco las nalgas. Con la otra me acaricio desde la rodilla, subiendo suave por el muslo, suave. Me acaricio entre los pelos, recortados. Saliveo arriba y abajo. Me flagelo. Mi mano acaricia suave. Primero frota de adelante para atrás, después en círculos hasta que descubro el clítoris. Me flagelo. Me penetro con un dedo, dos dedos, tres dedos. «¿Seré comemierda?». Claro que sí, que puedo meterme ese monstruo, la pinga más grande que he visto y tocado en mi vida. Me penetro con cuatro dedos para convencerme que sí cabe, que sí puedo. Mete y saca, mete y saca, me flagelo. Mi otra mano recorre despacio una nalga, despacio, la punta de los dedos. Da la vuelta desde mi nalga hasta el frente de mi muslo. Despacio. Encuentra el clítoris. Despacio. Me flagelo. Un dedo, el índice, acaricia despacio el clítoris y los otros cuatro me penetran. «¿Seré comemierda?». Claro que sí, que sí puedo. Mira, mira, mira cómo me cabe ese monstruo. Mira cómo me come, cómo me penetra, cómo me mata. Mira. Me pellizco un pezón. Mira. Y el índice regresa despacio a frotar mi clítoris. Mira cómo me entra toda, completa. Desde la punta hasta atrás. ¡Ay, mira cómo me entra toda! Mira cómo me penetra, cómo me come, cómo me mata. ¡Mira! ¡Ay, claro que sí puedo! ¡Mira! Mira cómo dilato y cómo me cabe toda. ¡Mira! Y esa pinga, la más grande que he visto y tocado en mi vida, finalmente entra, me penetra, me come, me mata. ¡Ay, miraaaa! Y el orgasmo, frontal, la penetración directa en la imagen me sacude milímetro a milímetro mientras estallo contra el techo. Dilatada total. En pedazos. Suspiro. Jadeo.

¡Ay, miraaaaa! ¿Viste que sí cupo, toda, completa? ¿Viste? ¿Seré comemierda? Mañana será otro día y seguro que cuando despierte salgo a cazar a ese monstruo para que definitivamente me penetre, me coma y me mate. Mañana será otro día, cansada cierro los ojos, la somnolencia me invade y rezo: «¡Ojalá!».

Mañana fue otro día y tu casa está oscura. Miro escaleras arriba y veo una luz. Tenue. Una trompeta jazz se escucha a medio tono. Los cuadros hacen guiños con la luz de una vela. Fabelo, Portocarrero, hacen guiños. Tazas de té servidas en una ceremonia que no presencié. Tú bajas con apenas un pareo gris amarrado a la cintura. Descalzo. Sonríes pícaro. Me miras. («Mi táctica es mirarte aprender como sos quererte como sos»).

Bebo té caliente a grandes sorbos para calmar mi deseo. Te sientas a mi lado y tomas tu taza como un Lord de una isla caribeña. Alguien canta un blues. Mi piel arde. Está turbocaliente. Miro tu pecho, tu abdomen, tus pelos pequeños que delatan pareo abajo el cataclismo. Te acercas a mí. Me rozas. Tu piel también arde. Me acaricias la frente, los ojos, la nariz, la boca que abro y atrapo uno de tus dedos. Lo muerdo. Me cuentas de tu casa, como llegaste a poseerla. Yo muerdo suavemente tu dedo, lo lamo mientras hablas. Respiras agitado entre frase y frase. Tu pareo se mueve. Me hablas. («Mi táctica es hablarte y escucharte construir con palabras un puente indestructible»).

Me tocas muslo arriba. Agarras fuerte mi muslo y me besas. Me abalanzo. Me pierdo entre tus músculos, piel, venas, pareo. Me besas con los dientes, con la lengua, con los labios. El cuello, los hombros. Me pones de espalda a ti y me besas cuello abajo. Dientes, lengua, labios. Me agarras firmemente las dos tetas, con tus dos manos enormes y me besas. De espaldas a ti. Me besas. Juegas con mis pezones entre tus dedos mientras me besas de espaldas a ti. Blues, saxo, guitarra. Me besas. Me mareo, me dejo arrastrar en una espiral de humo y mareo. Me viro y te beso. Desesperada te beso. Me abalanzo. Intento sentarme sobre ti, pero el sofá no resiste. Mínimo sofá, viejo. Te levantas frente a mí y me alzas con tus dos manos enormes. Me cargas de un tirón, sobre tus brazos. Me cargas. Me llevas cargada escaleras arriba. Me depositas en tu cama deshecha. Me besas. Me desnudas, blanca, temblando. Te quitas el pareo y susurras: «Nunca vas a olvidar esto». Y finalmente sueltas el monstruo. («Mi táctica es quedarme en tu recuerdo no sé cómo ni sé con qué pretexto pero quedarme en vos»).

Me besas. Me tocas. Me abres los labios. Te ensalivas los dedos y me abres los labios. Me tocas. Yo me abro, me abro y me desespero. Alguien sigue cantando en inglés. Allá abajo. Me besas. Un brazo me sostiene. Me rodea desnuda, blanca, temblando. El otro sigue entre mis piernas. Dedos mojados, empapados, que exploran todo dentro y fuera. Clítoris, labios, vagina, ¿útero?, ni sé. Sigue, sigue, sigue. ¡Ay me haces venir! Tus dedos no paran. Cuando creo que voy a estallar, haces tu maniobra. De un tirón sacas los dedos y me penetras. Con la pinga más grande que haya visto y tocado en mi vida. Me penetras. La metes completa, de un tirón. ¡Ay me vengo! Y no me importa la delgadez de las paredes, los vecinos, el mundo. Grito con todas las fuerzas de mi aliento. Me penetras, me penetras y susurras versos conocidos en mi oído mientras me penetras. Me penetras, me penetras y gritas poemas completos mientras me penetras. ¿Cuánto tiempo llevamos? No sé, ya perdí la cuenta de los orgasmos. Me clavas, me penetras, me clavas, me penetras, en todas las posiciones conocidas y desconocidas. Afuera es de noche. No paras. Todo se hace oscuro, afuera, adentro. Me voy de este mundo, me pierdo en una espiral de humo y mareo. Todo se hace oscuro. Me penetras, me penetras y me desmayo. Me voy de este mundo. Me matas. («Mi táctica es ser franco y saber que sos franca y que no nos vendamos simulacros para que entre los dos no haya telón ni abismos»).

Me das agua con azúcar. Tengo las manos entumecidas. No me las siento. Una música, trompeta, bajo, piano, poco a poco sube. Me das agua con azúcar y me revives. Sudada, blanca, desnuda, penetrada. Me revives. Mi vagina es un océano, un abierto y amplio océano. Mis pezones duros duelen. Mis muslos incendian. Me revives. Miro tu cara asustada que me da agua con azúcar. Mi barriga se chorrea a sudor frío. Me revives. Me acuesto bocabajo. Lacia. Blanda. Me acaricias suavemente cada pedacito de piel sudada. Con tus manos enormes. Me acaricias suavemente. Me revives. Y revives tu monstruo que golpea mi costado. Se acerca, babeante, desbocado, peligrosamente feroz y quiere penetrarme, matarme otra vez. Acostada bocabajo lo siento jadear a mi costado. Lo toco. Mi mano pequeña. Lo toco. Me revives. Te arrodillas entre mis piernas y me agarras por la cintura. Me empujas hacia ti, hacia el monstruo jadeante. Me revives. Me penetras, me penetras, me penetras. Y ya me entrego sin fuerzas. Sin ánimo para reclamarte. Me entrego abierta, de espaldas. Me entrego y me penetras. Me penetras jinete, de espaldas, levantando mis nalgas a fuerza, mi cabeza contra la almohada mojada en sudor, tus manos agarrando mi cintura. Agarro con mis manos la sábana, muerdo la sábana, me aferro a la sábana con mis dos manos, apretadas, cerradas en puños. Me penetras, me penetras, me penetras. No paras. Todo se hace oscuro de nuevo. Me penetras. Me desmayo. Me revives. Me matas, otra vez. («Mi estrategia es en cambio más profunda y más simple. Mi estrategia es que un día cualquiera no sé cómo ni sé con qué pretexto por fin me necesites»).

Despierto. Es de día. Afuera es de día. Adentro semioscuro. Tú estás sentado frente a mí. A tu espalda un espejo. El techo bajo. Estoy desnuda. Me duele cada músculo, cada articulación, cada poro. Es de día. Tú estás sentado mirándome amanecer. Recitas unos versos conocidos y sonríes. Te miro y siento algo frío bajo mí, alrededor de mí, sobre mí. Te miro extrañada. Sonríes. Despierto y estoy rodeada de flores, de pétalos. Las flores de la calle, la de los árboles de la calle. Las flores blancas que parecen nieve. Arboles pintados de nieve. Sonríes. Recitas unos versos conocidos: «...por fin me necesites». Flores blancas, mi piel blanca, la sábana blanca. Estoy desnuda en la nieve. Sonríes. Un saxo llora un blues. Una taza de té olvidada y tu pareo tirado en una esquina del cuarto. Afuera los techos de alguna casa vecina. El sol entra. Flores blancas, mi piel blanca, la sábana blanca. Sonríes. Te acaricias la entrepierna. «¿Está cerca el agua con azúcar?». Sonríes. Desnuda en la nieve. Miras atrás y me observas a través del espejo. Desnuda en la nieve, blanca, abierta, amaneciendo. Despiertas al monstruo. Y me penetras hasta fundir la nieve, hasta convertirla en un inmenso charco de semen y pétalos blancos sobre la sábana. Me penetras, me penetras, me penetras. No paras. Todo se hace oscuro. Me matas y me revives. Me matas.

(«Táctica y estrategia de Mario Benedetti»). Susurras. Me revives. Me matas para siempre.

Clarinete resalta en la oscuridad

A E. y su instrumento

(Efecto) Arriba siempre el cielo, debajo la azotea de mi casa y mucho más abajo, la ciudad. Labana a oscuras, única, divina. Labana testigo y cómplice. Arriba el cielo oscuro y debajo nosotros dos, solos en la azotea de mi casa intentando calmarnos los deseos. Tus manos todo lo tocan, manía de músico. Tus labios evitan los excesos porque saben que los excesos dañan, manía de clarinete. Tus manos asustadas y vigilantes a inoportunos, que disimuladamente me desnudan, tus manos.

Esa noche teníamos la soledad y el espacio suficiente como para volarnos los sesos de calentura. Solos, oscuros, con Labana debajo como testigo y cómplice. Tres escalones, suficiente para desbocarnos. Sentados a niveles diferentes y desbocarnos. Tus manos me desnudan, las mías se aferran a tu pinga que resalta en la oscuridad. Evadimos la incomodidad, la aspereza superficial y hasta las miradas ajenas tras ventanas vecinas. Simplemente desbocarnos. Semidesnudos, desesperados, tocándonos. Preámbulo amoroso recorrido aceleradamente. Tu pinga resalta en la oscuridad y como en acto de prestidigitador, desaparece engullida por mi vagina.

Disfrutamos el sexo inmediato, acelerados, rápidos y sigilosos. Semidesnudos, yo sobre ti enloqueciéndote, engulléndote a convulsiones aceleradas. Tú bajo mí, enloqueciéndonos y el mundo girando indiferente. Semidesnudos, con tus trenzas entre mis dedos, apretándolas y oliéndote. Olor animal, monte que me subía por los muslos, me penetraba y enloquecía todo lo enloquecible por ahí para adentro. Sentada sobre ti, incrustada en ti, con apenas espacio para mover las cinturas, con tus manos en mis caderas, mis nalgas, mis tetas y tu boca susurrando «gitana» como si fuera un sortilegio para desaguar eyaculaciones. Incrustada a ti y mis manos apretando tus trenzas, enloqueciendo con tu olor animal frente a Labana, cómplice y testigo.

La azotea de mi casa provoca inventiva de posiciones. Primera: tres escalones y clavada sobre ti con tu boca huyendo de mis dientes para evitar daños, tus manos desperdigadas por mi anatomía creando raras melodías y tus trenzas enredadas en mis dedos, enloqueciendo con tu olor. Segunda: el muro y de espaldas a ti, intentando sostener la erección, la flexibilidad de las piernas y el equilibrio con tu pinga curvándose en un milagro de penetrar y orgasmar, de hundirse lo más profundo en mi vagina para atravesar con heroísmo en acto machista. Tercera: el suelo, áspero y sucio, posibilidad de rodillas raspadas, culo pelado y el deseo ardiente pretendiendo mantenerse intacto. Y como no mezclamos dolor y placer, seguimos en primera y segunda, más en primera que en segunda, mucho más en primera, con el sexo inmediato. Acelerados, rápidos y sigilosos. Tres escalones y clavada sobre ti, mientras más abajo Labana a oscuras, testigo y cómplice, intenta dormir, pero no la dejamos. Suspiros, gemidos, gritos entrecortados, acelerados y sigilosos, no dejan dormir a Labana, testigo y cómplice, y arriba, arriba siempre el cielo oscuro.

(Causa) El cielo oscuro también lo miraba desde el balcón de tu casa. Tocabas el clarinete de noche, durante el apagón, sentado en el balcón de tu casa. Los vecinos te pedían a gritos canciones específicas. No sabían que estabas ensayando, quizás imaginaban que eras su concertista particular. La imaginación era lo único que quedaba en aquellos tiempos. La imaginación que no estaba restringida y vigilada, para quienes la tuvieran. Yo te acompañé dos o tres veces sentada a tu lado durante esos mini-conciertos nocturnos. Después y antes que volviera la electricidad, terminábamos en tu cuarto, a escondidas de tu madre, a templar rápidos y sigilosos. Porque siempre templamos rápidos y sigilosos. Disfrutábamos el sexo inmediato, acelerados, rápidos y sigilosos. No teníamos dinero ni espacio propio para gozar el sexo sereno. Esa condicionante nos ubicaba siempre en la misma posición, sentados tú abajo y yo arriba, dondequiera. En tu cuarto con la puerta entreabierta para vigilar a tu madre; en la biblioteca de mi casa sobre una silla y la grabadora encendida a todo volumen con A Night at the Opera y el oído atento a los ruidos de la casa; en la escalera de mi casa; en el portal; en los bancos entre los 12 plantas. Donde quiera que nos agarrara el deseo y hubiera un sitio para sentarnos tú abajo y yo arriba. Enloqueciéndonos exprés.

Clarinete firme, abundante, y mis manos apretando tus trenzas, enloqueciendo con tu olor animal. La oscuridad, el recelo a ser sorprendidos, el susto al menor ruido, tus manos que disimuladamente me semidesnudan, tus labios que evitan los excesos porque dañan y el olor de tus trenzas

apretadas en mis dedos, olor animal, monte. Siempre estábamos al acecho de cualquier oscuridad tentadora. Y en ese
sinvivir de calmar la carne, aceleradamente calmar, colmar
la carne, no tuvimos ni una sola noche serena, los dos
desnudos, despacio poseyéndonos, pero igual disfrutábamos del sexo, inmediato y acelerado, rápidos y sigilosos.
Siempre en la misma posición, sentados tú abajo y yo arriba, dondequiera.

Ahora estábamos allí, los dos solos en la azotea de mi
casa. Uno de mis sitios favoritos. Arriba siempre el cielo,
debajo la azotea de mi casa y mucho más abajo, la ciudad.
Labana a oscuras, testigo y cómplice. Arriba el cielo oscuro
y debajo nosotros dos, solos, intentando calmarnos los deseos, como siempre hacíamos cuando la oscuridad tentadora quedaba a nuestra merced. Tus manos en mi espalda,
en mi cintura, en mis tetas, en mis nalgas y ya estaban disimuladamente desnudándome. Tu pinga resalta en la oscuridad, clarinete firme para mi boca ansiosa y mis manos apretando tus trenzas, enloqueciendo con tu olor animal. Tres escalones y clavada sobre ti con Labana mucho
más abajo, a oscuras, testigo y cómplice. Tres escalones e
incrustada a ti y mis manos apretando tus trenzas, enloqueciendo con tu olor animal, selva, frente a Labana, cómplice y testigo. Tres escalones. Clarinete firme que resalta en
la oscuridad. Incrustada sobre ti.

El negro desconocido

Todas las mañanas lo veía desde las ventanas de la oficina, parado en la acera del frente, en la puerta de su casa. En la oficina nadie sabía su nombre, pero todos lo conocían y saludaban con mucha vehemencia. Yo salía y sentía sus ojos clavados en mis nalgas, bajo el fuerte calor del día, en la acera a la vista de todos. Su casa era un entrar y salir de mujeres hermosas, vestidas con ropas mínimas y risas escandalosas. A veces estaba acompañado de hombres con cadenas de oro al cuello, fajos de billetes a la vista del barrio, y conversaciones a media voz con ojos sigilosos y exagerados gestos. Bebían y fumaban mariguana, algunos. Siempre en la puerta de su casa, siempre con la casa abierta. Él nunca fumaba, nunca hablaba en voz alta y siempre sonreía. Era un negro hermoso, de esos que en el barrio llaman de facciones finas. Vestido con buen gusto, sin ostentaciones, pero con ropa cara de las que nunca encuentras en la shopping del barrio.

Una tarde que lo observaba escondida detrás de una ventana de la oficina, mientras tomaba el té aguado que hacíamos a media mañana para calmar el hambre, alguien dijo a mis espaldas: «Ese negro sí que sabe vivir. Controla todas las jineteras del barrio y vive como le da la gana, con los bolsillos llenos de dólares. ¡Hasta los policías son sus amigos! ¡Eso sí es vida!». Proxeneta era una palabra que se había erradicado en el año 59, según el régimen. Ahora se llamaban «buscadores de la vida», «tipo que resuelve», y mil frases más que enseguida ubicaban a los tipos como él en lo alto de la cadena alimenticia del barrio.

Era un negro hermoso y yo sentía sus ojos acariciarme el culo cada vez que caminaba por la acera y él desde el frente, desde la puerta de su casa, me saludaba discretamente con un ligero movimiento de cabeza, pero yo seria ni pestañeaba ni respondía. Conocía demasiado bien a los negros como él porque también había nacido y crecido en un barrio como ese, con negros negociando en la esquina de la bodega, controlando a todas las mujeres bellas de la cuadra, respetados y resolviendo de todo para todos, aun cuando no tuvieras dinero, porque en el barrio los favores, las deudas y las alianzas valen más que cualquier billete. Así que sabía bien que era mejor tener la calle por medio, él en su acera parado en la puerta de su casa, y yo en la otra acera entrando y saliendo de la oficina, sin mezclarnos. Pero el negro era demasiado hermoso y tenía una sonrisa de dientes blancos y perfectos que derretía cualquier corazón.

Esa tarde que bebía mi té aguado de media mañana mientras lo observaba escondida detrás de una ventana de la oficina, la misma voz siguió diciendo: «Te quiere conocer. Me hizo mil preguntas sobre ti». Me viré y tenía frente a mí a R, el único de la oficina que cruzaba la calle a la vista de todos y se integraba al grupo del negro hermoso, aceptando un buche de lo que sea que tomaran en los vasitos de colores y que todos intuíamos que era algún tipo de alcohol. R tenía una razón fuerte para cruzar la calle sin miedo: era adicto a la mariguana y después supe que el negro hermoso se la suministraba. «Pues yo no lo quiero conocer a él», afirmé brusca. R se rio con descaro: «Lo disimulas muy bien, porque varias veces te he visto mirándolo desde aquí». «¿Y qué te hace pensar que estoy mirándolo?», dije molesta. R volvió a reírse descaradamente y yo le di la espalda subiendo para mi escritorio antes que lo mandara al carajo, porque R era de los pocos en la oficina que cubría mis escapadas de la tarde a casa de Abuela Yuya cuando me aburría aquel trabajo de no hacer nada y estar rodeada de gente que solo se quejaba de su vida, de sus matrimonios y de sus hijos. Y no quería pelearme con el «cocinero».

Esa tarde seguía dándome vueltas en la cabeza aquello de «Te quiere conocer», y cuando estaba sentada en uno de los sillones de Abuela Yuya compartiendo su café, le pregunté de pronto si conocía a aquel negro hermoso que vivía al doblar de su casa, a mitad de cuadra. Alfredito que escuchaba la conversación desde el comedor se rio sin control: «Blanca, verdad que tú eres enferma a la pinta». Yo disimulaba: «No, es que me llama la atención verlo siempre parado en la puerta de la casa en la intriga y el negocio». «¡No te metas ahí que ese negro no se come! Ese negro controla el negocio y las jineteras del barrio», advirtió Alfredito y a mí me dio una punzada en la vagina. Una punzada que solo tenía cuando, entre otras tentaciones, el peligro me cautivaba, eso que Abuela Yuya llamaba «tener una pata en el fango y otra en tierra firme».

Esa misma tarde, de regreso a la oficina a marcar la salida y recoger mi bolso, lo vi como siempre parado en su puerta. Solo, bebiendo de un vasito de colores, desnudándome con sus ojos fijos que todo lo observaban. Le aguanté la mirada y me hizo una seña, el gesto discreto de «ven» que te hacen siempre en el barrio cuando quieren que te acerques. Yo, para seguir con el ritual, le hice el gesto de «¿yo?» con una mueca abierta de superioridad. Él sonrío bebiendo de su vaso y recalcó con el gesto de «sí, tú misma, ¡ven!», en esa danza gestual que se practica en los barrios. Negué con la cabeza y le reviré los ojos diciéndole abiertamente con la mirada que era un atrevido y que no era quien para mandarme a ir a ningún lado. Él volvió a sonreír y me pidió con la mano que esperara. Miró a ambos lados de la calle desierta a esa hora y cruzó lentamente hacia mí como si fuera el dueño del asfalto que pisaba. Yo lo miraba y sentía la punzada de peligro en la vagina. «Si la montaña no viene a ti...», dijo parándose frente a mí y midiéndome la altura. Pausa. «Me dijeron que te gusta leer», sentenció haciendo alarde de estar informado. «¿Y?», le dije con desprecio. «Nada, que a mí también me gusta leer». «¡Ay por Dios, no jodas! (transición) ¿Qué quieres?», solté sin pensar. «Nada, conocerte y enseñarte unos libros que me regaló una amiga y que a lo mejor te interesan». El negro hermoso me contestó sin amilanarse y yo lo miré desafiante de arriba abajo con evidente desprecio. «Me los regaló una amiga española. Están buenísimos, yo estoy leyendo uno». Insistió. Resoplé incrédula y volví a revirar los ojos. «Es verdad muchacha, no seas tan miedosa que yo no muerdo». Siguió insistiendo a susurros. Me reí forzadamente en su cara. «¿Quién te dijo que yo te tengo miedo?». «Entonces ven un momento a mi casa para enseñarte los libros». Miré la hora en mi reloj haciéndome la apurada. «Casi es la hora de salir y tengo que recoger mis cosas y marcar la tarjeta». «Entonces te espero en mi casa», dijo y me tendió la mano diciéndome su nombre, un nombre que no recuerdo. Yo le seguí la rima, le di mi mano y le dije mi nombre con firmeza. Él me aguantó la mano y me dijo bajito, saboreando las palabras y mirándome fijamente a los labios: «Te espero en mi casa». Yo solté la mano con rabia y entré apurada a la oficina para que no escuchara mi corazón correr como un demente.

Di vueltas y vueltas esperando que todos se fueran. No quería que nadie me viera cruzar la calle hacia su casa. Y finalmente cuando no había testigos ni en el lobby ni en la calle, crucé decidida para su casa. Él estaba sentado en un butacón rojo en su sala, comiendo un pan con algo y mirando una «película de vídeo», de esas del sábado por la noche. La casa estaba decorada con un gusto que no era habitual en aquel barrio, todo era casi nuevo, caro, y perfectamente colocado en el lugar exacto para armonizar. No había santos ni brujerías a la vista. Él me miró desde la butaca y me dijo: «Pasa que aquí nadie te va a comer». Pasé y me señaló la otra butaca. «¿Dónde están los libros?», pregunté ansiosa mirando por todos lados. «Si estás apurada porque se te va la guagua, no te preocupes que después yo te llevo a tu casa». «Yo no cojo guagua», afirmé molesta. «Entonces siéntate tranquila». Miré indecisa por la ventana. «No te preocupes que a esta hora toda mi gente está durmiendo. Siéntate que nadie nos va a molestar». Lo dijo bien bajito, pero firme. Me senté obediente frente a él, adivinando su cuerpo a través de la ropa de lino. Nunca usaba *jean* ni pulóver. Tampoco joyas. Y era de los pocos negros que conocía que hablaba bajito sin gesticular, pero con una decisión que te dominaba por completo, volviéndote manso.

Me ofreció con un gesto el pan y negué con la cabeza. «¿Por qué trabajas ahí si me dijeron que eras artista?», me dijo después de tragar y limpiarse la boca con una servilleta. Suspiré. «Porque mi papá quiere que tenga un trabajo de verdad y piensa que trabajar en una oficina con un horario fijo es un trabajo de verdad. Mi papá fue quien me consiguió este trabajo». «Sí, ya me contaron que tu papá es un mayimbe». La expresión me sorprendió no porque no la conociera, sino porque no creía que fuera de los negros que hablaban la jerga del barrio. Terminó de comerse su pan con algo, bebió delicadamente agua de un vasito de colores, sacudió las migajas con la servilleta, y puso en pausa la película. «Ya regreso, espérate». Y se perdió hacia lo que adiviné era la cocina.

Regresó y me miró fijamente, como si calculara mi masa corporal, mi peso, mi edad y mi estatura, todo eso a la vez que me desnudaba con los ojos, unos ojos que le brillaban sobre esa sonrisa de dientes blancos y perfectos que derretían el corazón. Era un negro hermoso. «Los libros los tengo arriba en mi cuarto. ¿Quieres subir?». Y miré la escalera de madera lustrada que subía a la barbacoa. «No, no quiero subir». Pero me puse de pie y él me tomó una mano. Su mano era fina y suave. «Ven, vamos a subir. Los libros que me regalaron valen la pena. ¡Te van a gustar!». Y me lo dijo bajito, saboreando las palabras y mirándome fijamente a los labios. Subimos.

Realmente tenía libros, buenos libros, y yo hojeaba uno interesada, sentada sobre su cama vestida con una sobrecama de colores. Él mientras tanto puso un CD de jazz, un *smooth jazz* de piano y saxo que relajaba. Se sentó a mi lado a mirar por encima de mi hombro lo que yo leía y sentí su respiración calmada, caliente. Me echó el pelo hacia atrás y me dejó el cuello descubierto. Quería detenerlo, pero no sé por qué razón mi cuerpo no se movía, no me obedecía. Quería detenerlo, pero no lo hacía. Casi sin rozarme me besó el cuello, y con su mano fina y suave me acariciaba donde besaba. Yo seguía con la vista clavada en la hoja del libro, pero ya no veía las letras. El jazz lento, su mano en mi cuello, comenzaron a hacer su efecto. Se puso de pie y se arrodilló frente a mí. Lo miré extrañada y se llevó el dedo a los labios pidiéndome silencio. Me dijo bajito: «Sigue leyendo». Y vio la sorpresa en mis ojos. «Dejaste la puerta de la calle abierta». Me acarició la mano que tenía aferrada al libro, como tranquilizándome: «Aquí todos me conocen y nadie va a entrar. Sigue leyendo tranquila». Y me abrió las piernas con suavidad, mientras me empujaba hacia atrás, logrando que cayera dócil de espaldas con el libro abierto frente a mi cara, sobre aquella sobrecama de colores. Subió mi saya ajustada, me quitó el blúmer con cuidado y puso su lengua justo donde tenía que ponerla abriéndome completa con sus manos. Puso su lengua justo donde nacía aquella punzada de peligro que me subía por la vagina.

Suave, al ritmo de la música, su lengua lamía mi clítoris mientras sus manos finas y suaves me abrían los labios, metían sus dedos, sacaban todo el líquido de mis entrañas para embadurnarme con él mientras chupaba y chupaba suave mi clítoris. Me penetraba con los dedos cuando una convulsión me poseía. Me besaba el encuentro de los muslos con mi bajo vientre, metía su lengua dentro de mi vagina y después la sacaba y lamía suave mi clítoris sin parar. El jazz me mareaba y sentí que me iba tranquilamente hacia una región desconocida. Un estremecimiento salió despacio desde la punta de su lengua hasta mi clítoris y fue subiendo por el mismo centro de mí hasta romperse en mi boca. Hasta reventar aquel cuarto en mil pedacitos multicolores y acallar por unos segundos el saxo que me poseía. Fue el primer hombre que lograba hacerme un orgasmo con su lengua en mi clítoris.

Cuando abrí los ojos lo tenía parado frente a mí, mirándome mientras se desabrochaba el pantalón. El libro estaba olvidado sobre mi pecho, abierto en la página que no terminé de leer. «Sigue leyendo». Me lo dijo bajito, saboreando las palabras y mirándome fijamente a los ojos. Se desnudó completamente y se sentó a mi lado a desnudarme despacio, mientras con su lengua en mi oído me repetía bajito: «Sigue leyendo». No me quedó más remedio que comenzar a leer en serio el libro que tenía abierto sobre mi pecho, mientras él me acariciaba toda al ritmo del saxo.

Me besaba cada poro y su olor a perfume ligero y caro me dejaba rastros en la piel. Era un negro hermoso que me penetró besándome delicadamente los pies, con la misma suavidad que hablaba correctamente, bajito, sonriendo con aquella sonrisa de dientes blancos y perfectos que derretían el corazón. El orgasmo me había mojado tanto que su pinga entraba y salía como si hubiera sido creada en la horma de mi vagina. Profundamente. Las letras del libro se me confundían, me saltaba líneas mientras sentía sus labios en los dedos de mis pies, en mis tobillos, en mis piernas. Y sus manos, finas y suaves, agarrándome los muslos con delicadeza como si fueran de cristal. Las letras desaparecían y el orgasmo me vino desde adentro, desde el centro mismo del ombligo, primero suave y después explotándome en la boca. Justo cuando él también gritó callado, con los ojos cerrados y la cabeza de cara al techo. Después se estremeció y cayó suave sobre mi abdomen, abrazándome por la cintura y dejando su cabeza descansar sobre mi barriga, a la sombra de las tetas. «Sigue leyendo». Me dijo bajito casi sin aliento. Y yo leí con aquel fluir de líquidos que me corría nalgas abajo hacia su sobrecama de colores.

Al rato suspiró, alzó la cabeza y me dijo bajito: «Tengo que prepararme para ir a trabajar que ahorita llegan las muchachitas y el chofer». Y me limpió delicadamente con una toallita húmeda mientras me vestía de la misma manera que me había desnudado. Se vistió y bajó despacio las escaleras, dejándome sola con aquel libro que ya me había enganchado aunque no recuerdo su título. Regresó. «El chofer te está esperando, te va a llevar a tu casa». Me quitó el libro de las manos, dobló la punta de la página donde estaba leyéndolo y me dijo bajito: «La única condición es que tienes que leerlos aquí. Todos los libros que tengo los puedes leer, pero solo aquí en mi cuarto».

Y me leí su biblioteca completa después que todos se iban y no quedaba nadie en el lobby de la oficina ni en la calle. Hasta que me cansé de aquel trabajo gris que mi padre me obligó a aceptar, donde me aburría de no hacer nada y de estar rodeada de gente que solo se quejaba de su vida, de sus matrimonios y de sus hijos. Me leí todos sus libros de la misma manera suave, delicada, en la que me enseñó a venirme en su boca, sobre su lengua, y a penetrarme mientras me besaba los dedos de los pies.

Era un negro hermoso con sonrisa de dientes blancos y perfectos que derretían el corazón, y del cual nunca recuerdo su nombre, ni tampoco los títulos de sus libros. Pero me leí todos sus libros hasta que se acabaron, renuncié y me perdí de la oficina, y de su calle que evité todos los días cuando iba a visitar a Abuela Yuya y sabía que estaba allí, parado en la puerta de su casa, al doblar la calle y a mitad de cuadra. Y de solo imaginarlo me daba una punzada en la vagina. La punzada que solo tenía cuando, entre otras tentaciones, el peligro me cautivaba, eso que Abuela Yuya llamaba «tener una pata en el fango y otra en tierra firme», y que yo irremediablemente siempre tenía. Irremediablemente.

Un hombre a la espera

Para A., por su perseverancia

Pálante- «¡No sabes cuánto soñé con esto!», me decías mientras me tenías incrustada contra la puerta de tu casa y me besabas sin control, sobre el labio que partiste con tu primera mordida. Tus manos me apretaban duro las nalgas. Me diste un empujón hacia arriba hasta lograr que saltara sobre tu cintura, rodeándola con mis piernas. Mientras me cargabas haciendo alarde de tus veinte años y mordías mis tetas con rabia por encima del pulóver. Me lanzaste contra el sofá con tanta violencia que me sentí a punto de ser violada. «¡No sabes cuánto soñé con esto!». Repetiste y te tiraste sobre mí arrancándome la saya mientras tu pinga se paraba mucho más al ver que no tenía blúmer bajo aquella saya inmensa. Me abriste de un tirón los muslos hasta que una de mis piernas quedó sobre el respaldo del sofá y la otra no sé dónde. Te quitaste el *jean* de un golpe con la maestría de quien lo hace a menudo y con aquella pinga a punto de partirse me penetraste de un solo movimiento sin darme tiempo ni a tomar aire. Cuando sentí la fuerza de tu glande contra la entrada de mi cuello uterino, tuve la certeza que estaba siendo sabrosamente violada con mi consentimiento.

Pa'tras- Tenías siete años y yo quince. Nuestros padres eran amigos desde que tengo uso de razón. Incluso te recuerdo de bebé recién nacido en algún momento de mi infancia. Aquella tarde de tus siete años llegamos temprano a visitar a mis tíos, que vivían justo debajo del apartamento de tus padres gracias a la estrategia del régimen que metía a compañeros de trabajo a convivir en feos edificios de microbrigada, asegurando que se vigilaran los unos a los otros las veinticuatro horas del día, en el trabajo y en sus casas. Aquella tarde tú jugabas con otro niño en el banco de piedra de la entrada del edificio y cuando me viste quedaste petrificado. Pálido. Me lanzaste con rabia el palo que tenías en la mano y gritaste: «¡Te ves muy fea!». Y saliste corriendo con las lágrimas encharcándote las mejillas. Tu madre, que observaba desde su balcón, me gritó: «¡Imagínate tú! ¡Te cortaste el pelo y él vivía enamorado de tu pelo!». Pero no solo vivías enamorado de mi pelo que había cortado en un arrebato independentista de adolescente después de lucirlo en mi fiesta de quince junto a un novio bello-blanco-rubio como tú, que se había ganado el derecho de posar junto a mí en cada foto de la fiesta, aunque era más un novio de palabra que de acción. No solo vivías enamorado de mi pelo, sino que estabas enamorado como un chiquillo de mí desde que me viste conscientemente por primera vez. Aunque logré esquivar el golpe de tu palo, no pude dejar de conmoverme con tus lágrimas infantiles que fueron tu primera demostración verdadera de amor.

Pálante- Me metías la pinga sin pausa, con demasiada fuerza. Me apretabas las tetas con las manos hasta que me dolieron. Yo te tenía agarrado por las nalgas duras de veinte años porque temía que en una embestida me lanzaras fuera del sofá. Mi cabeza casi colgaba contra el suelo y ya sentía mi cuello rígido por la posición. El sofá se movía con cada golpe de tu pinga. Sudabas y te mordías el labio inferior en una mueca de placer y rabia. Tu pinga seguía entrando en mí sin parar. Vi que tu brazo estaba erizado y que la saliva empezaba a salir por una esquina de tus labios. Estabas ido, con los ojos cerrados, dándome pinga sin respiro, metiéndomela, metiéndomela, metiéndomela como solo saben hacer los muchachos de veinte años. «¡No sabes cuánto soñé con esto!». Repetías y te creía porque ya la fuerza de tu pinga entrando, entrando, entrando, me confirmaba que aquella violación consentida se había planificado a golpe de masturbarte pensando en mí, dándote, dándote, dándote sin pausa con la mano cerrada sobre tu pinga, pensando en mí hasta echarte la leche en la mano como si la tiraras con rabia sobre mi cara. Pensando en mí.

Pa'tras- Tenías doce años y yo veinte. Ese día yo subía la escalera del edificio de mis tíos y me tropecé contigo que bajabas. Me bloqueaste el paso y te saludé cariñosa como siempre. Pero tú estabas serio con aquella seriedad adolescente que imprime máxima importancia a todo. «¿Es verdad que te casaste?», me soltaste molesto. «Sí, hace unos meses», te contesté risueña. «¿Por qué te casaste?», me gritaste con rabia. «Vamos, no te pongas así que ya no eres un niño». Intenté calmarte. «¿Hasta cuándo vas a seguir con la bobería de estar enamorado de mí?». «¡Yo no estoy enamorado de ti, estúpida!». Me lo dijiste con tanta rabia que me asustaste. Y saliste corriendo como aquel día, con las lágrimas que adiviné encharcaban tus mejillas y que siempre fueron el dolor de tu amor perseverante, frustrado.

Pálante- Tus movimientos se volvían más frenéticos. Tu pinga entraba y salía a tanta velocidad que ya me quemaba la vagina. Mi clítoris ardía del roce. Tus manos apretaban tan fuertes mis tetas que pensé reventarían mis pezones. El sofá ya estaba casi chocando la otra pared de la sala. Estabas poseído por algún espíritu fornicador que no dejaba que te detuvieras. Tu labio inferior estaba casi blanco de la fuerza de tu mordida y tu saliva brillaba cayendo por la esquina de tu boca. Tu saliva que ya mojaba mi cuello. «¡No sabes cuánto soñé con esto, cojoneeeeeee! ¡Pingaaaaa!». Me gritaste y arremetiste contra mí con más fuerza. «¡Si sigues así me vas a hacer venir, maricón!». Te dije casi ahogada, a punto de la asfixia por culpa de tu pinga que atravesaba todo mi cuerpo en ese frenesí de darme, darme, darme pinga sin parar.

Pa'tras- Tenías dieciséis años y yo veinticuatro. Era de noche, oscuro, y yo regresaba de casa de mis otros tíos que vivían a varios edificios del tuyo. Venía sola y de un paso de escaleras saliste tú. Me asustaste porque no te reconocí de momento. «Tenemos que hablar». Me dijiste serio y supe que eras tú. Te miré extrañada, pero igual te saludé con el mismo cariño de siempre. Ya estaba acostumbrada a nuestros encuentros esporádicos, a tus demostraciones afectivas durante años que me hacían víctima de tus juguetes lanzados contra mí, de tu odio en los ojos cuando en las conversaciones familiares todos se burlaban de tu eterno enamoramiento bobo conmigo, de tus persecuciones constantes para hacerte notar por mí, de tus lágrimas que encharcaban tus mejillas cada vez que rechazaba tus acercamientos demasiado atrevidos. «Tenemos que hablar». Repetiste mientras caminabas a mi lado, apurando el paso para alcanzarme. Nos sentamos en el banco de piedra de la entrada de tu edificio. Estabas muy nervioso. Tosías y tosías del nerviosismo, continuamente. Te apretabas las manos y mirabas asustado a todos lados. Era la hora de la comida y la calle entre los edificios estaba medio vacía. Tosiste, tomaste aire decidido y me soltaste sin punto y aparte. «Me enteré que te divorciaste. Ahora que estás sola quiero ser tu novio». Y te quedaste respirando fuerte, azorado, mirándome con tus ojos color miel que se abrían enormes del susto Yo me reí a carcajadas. «¿Cómo vas a ser mi novio si todavía eres un niño?». «No soy un niño, soy un hombre y ya tengo novia». «¿Y si tienes novia para qué quieres ser mi novio?». Intenté razonar contigo. Tus ojos se abrieron mucho más y pensé que saltarían rodando por la acera. Tosiste más fuerte, confundido, rabioso. Me rozaste casi al descuido un brazo y vi cómo te erizabas por el contacto. «¡Olvídate de mi novia! ¡Yo solo quiero estar contigo!». Me volví a reír porque no sabía qué más hacer con tu perseverancia. «Entonces, ¿no te vas a cansar nunca?». «¡No!», dijiste con firmeza. Te miré fijamente a esos ojos color miel que estaban muy abiertos del susto. Tus nudillos estaban blancos de tanto apretarte las manos, el sudor empezaba a brotar en tu frente y tus ojos seguían mirándome fijamente. Te miré y supe que no era un enamoramiento bobo como decía tu madre, como decíamos burlándonos de ti. Supe que era en serio y que estabas decidido a todo. Te miré y por primera vez no supe qué hacer, qué decirte, porque estabas allí, bello-blanco-rubio, valientemente dándome tu corazón con aquella ternura que me regalabas siempre cada vez que coincidíamos, que me regalabas desde que nos conocimos cuando eras un bebé recién nacido y te vi en brazos de tu madre, en algún momento de mi infancia. Suspiré. «Está bien, vamos a hacer una cosa, cuando seas un hombre de verdad, ven a verme. Solo cuando seas un hombre de verdad». Y me fui dejándote sentado en aquel banco de piedra con las lágrimas que no vi, pero sabía que debían estarte encharcando las mejillas. Me fui y no te vi en varios años aunque sabía de ti por tu madre, que siempre nos contaba noticias tuyas.

Pálante- «¡No sabes cuánto soñé con esto! ¡Cojoneeeee que deseos te tenía!». Gritaste e intuí que tenías la leche en la punta de la pinga a punto de dármela. Esa certeza enloqueció mis sentidos. «¡Si sigues así, papi, me vas a hacer venir como una perra!» Grité desenfrenada. Abriste los ojos enloquecidos, tenías venitas rojas en ellos. «¡Ven mami, dame tu leche!», me dijiste con ternura, mirándome como un loco. Aumentaste la velocidad del movimiento de tu cintura hasta que perdí la noción del tiempo, porque el tiempo solo era ese mete, mete, mete de tu pinga que en cualquier momento saldría por mi boca. Algo me decía que habías logrado atravesar todas mis entrañas hasta la garganta. Me gritaste: «¡Dame tu leche ahora porque yo ya te la voy a dar toda!». Y metiste un último empujón, mientras tu cuerpo convulsionaba sin moverse, tus nalgas de veinte años se ponían más rígidas bajo mis manos, tus ojos se salían totalmente de control y tus dedos apretaban tan duro mis tetas que ya dolían. «¡Cógela cojoneeeeee!». Dijiste bajito, con rabia, con ternura. Y esa fue la señal para que mi orgasmo bañara con mi leche tu pinga a punto de partirse dentro de mis entrañas. Los dos viniéndonos, gritando, rígidos, sudados.

Pa'trás y pálante- Tenías veinte años y yo veintiocho. Estaba parada en el balcón de mis tíos conversando con mi prima, cuando sentí tu voz llamándome. Miré hacia arriba y allí estabas tú en tu balcón, con medio cuerpo hacia fuera, llamándome. Eras ya un hombre bello-blanco-rubio. «¡Ya bajo!». Y nos encontramos en la escalera. «¡Ya soy un hombre!», dijiste sonriendo, vanidoso. Y yo me reí extrañada porque ya me había dado cuenta que eras un hombre y que no era necesario decirlo en voz alta. «¡Ya soy un hombre!», repetiste y me reí a carcajadas. «Me dijiste que cuando fuera un hombre de verdad, viniera a verte. ¿Te acuerdas?». Y me acordé de tu declaración de amor aquella noche en el banco de piedra. «Estoy solo en mi casa ahora, ¿quieres una cerveza?». Y te sonrojaste como un chiquillo al terminar la frase. Me reí. «Está bien, acepto la cerveza». Y saliste disparado escaleras arriba contándome que estudiabas en la CUJAE, que te peleaste de tu novia y que al fin eras un hombre. Y yo iba detrás de ti mirando tu cuerpo musculoso de veinte años, tus nalgas duras marcadas en el *jean* gastado y el sudor de tus axilas en el pulóver. Ya eras un hombre y cuando entramos a tu casa en penumbras, cerraste decidido la puerta con seguro detrás de mí, lanzaste las llaves no sé para donde, te volteaste hacia mí y me incrustaste contra la puerta besándome con tanta fuerza que me partiste un labio. Y por más que intenté detenerte, no pude, porque realmente ya eras un hombre y habías esperado muchos años por este momento. «¡No sabes cuantas veces soñé con esto!». Me dijiste con la ternura de aquel niño bello-blanco-rubio, con esos ojos color miel que

conocía desde que eras un bebé y que lloraban encharcándote las mejillas cuando te rechazaba. Y acepté finalmente que habías ganado. Que tu amor perseverante había
ganado y que me tenías allí, acorralada contra la puerta de
tu casa, indefensa y a punto de cumplírsete tu sueño de
hombre. -Pálante

La bendición del Papa

A G., por la visión de Juan Pablo II

No me gustan los hombres mayores. No sé por qué. Simplemente no me gustan. Pero aquel hombre tenía un «no sé qué» que me envolvía y cuando menos lo esperaba, ya estaba desnudándome entre sus brazos. No era atractivo, ni siquiera tenía buena figura, pero era indudablemente, un encantador de serpientes, viejo y sabio. Me atraía sin oponerle resistencia y cuando estaba penetrada sobre él, era como si tuviera a otro hombre bajo mí. Como si durante el sexo bajara otro hombre en su lugar. Se transformaba hasta el punto que podía cerrar los ojos y sentir otro hombre mucho más joven bajo mí. Por eso nunca le pregunté su edad, para no romper el encanto.

Todo empezó una tarde invernal de mucho sol en la Feria del Malecón. M y yo caminábamos entre los vendedores buscando una cartera de cuero. Para variar, íbamos seguidas del escándalo y el alboroto que provocábamos cuando nos metíamos con todos, en ese chit-chat picaresco que ocurre cuando hay demasiados cubanos juntos en cualquier calle de Labana. Llegamos a su mesita d o n d e él estaba sentado tranquilo y en silencio, rodeado de un séquito de mulatos jóvenes. ¿Qué vendía? No recuerdo, pero puedo asegurar que no eran carteras. Vestido de blanco, con una bolchevique encajada en la cabeza y los collares revueltos entre cadenas de oro, escondidos bajo la ropa. Piropos, conversación sencilla y una invitación a tomar cerveza al lado con el Padrino, como le decía su séquito.

Una cerveza, risas, mas conversación sencilla y dos días después, me estaba besando de la misma manera que me miró por primera vez, sentado tranquilo y en silencio, en un apartamento rentado por horas frente al Malecón, frente al mar, anocheciendo. Era un encantador de serpientes, viejo y sabio, que sabía dónde besarme con delicadeza, dónde poner las manos de manera tal que se alborotaran todos mis demonios, mientras me desnudaba despacio admirando mi piel blanca y suave. Siempre de la misma forma, estuviéramos donde estuviéramos, sobre la cama, sobre el sofá, sobre cualquier silla. Él sentado tranquilo y en silencio, desnudándome, besándome, acariciándome, hasta que suavemente me tenía abierta sobre él, clavada, penetrada. Siempre de la misma forma. Él debajo sentado tranquilo y en silencio, yo arriba con mis demonios desatados sin control penetrada por su pinga que me mantenía ocupada dando cintura, mientras él gozaba sentado tranquilo y en silencio, con sus ojos brillando. Siempre de la misma forma.

Yo me desaparecía por días, a propósito. No sé por qué, pero me desaparecía hasta que él llamaba suplicante. Reclamaba mi cuerpo sobre él, anocheciendo de frente al Malecón, frente al mar. Me llamaba diciéndome que pensaba demasiado en mí, que me imaginaba besándome cada poro mientras me desnudaba, que necesitaba tenerme sentada sobre él, clavada en su pinga dándole cintura. Yo me desaparecía y él llamaba suplicante. Hablándome en voz baja para que no lo escuchara su esposa, reclamándome, rogándome y finalmente, ordenándome ir a verlo en ese preciso instante. Era un encantador de serpientes, viejo y sabio, y yo terminaba obedeciéndolo.

Rechazaba a su chofer con el carro que enviaba a buscarme y me aparecía cuando quería, de pronto, frente a su mesita llena de mercancías en la Feria, siempre rodeado por su séquito. La cara se le iluminaba, simplemente se le iluminaba y cuando me tocaba el brazo para besarme, me decía bajito: «Tengo deseos de ti, muchos deseos de ti, cabrona». Y no me quedaba más remedio que creerle, que dejarme arrastrar hacia el apartamento rentado por horas frente al Malecón, frente al mar donde me besaba con delicadeza, me ponía las manos de manera tal que se alborotaran todos mis demonios, mientras me desnudaba despacio admirando mi piel blanca y suave. Siempre de la misma forma.

Después, cuando estaba tirada bocabajo y desnuda en la cama, cansada, me miraba, sentado tranquilo y en silencio, con sus ojitos brillando. Me decía bajito como para no sacarme de mi somnolencia: «Me gusta tu piel, tan blanca, tan suave». Y me daba gracia verlo sentado tranquilo y en silencio, adorándome con sus ojitos brillando.

De madrugada me llevaba para mi casa. Su chofer iba con todas las ventanillas abiertas, con Juan Gabriel a todo volumen en su casetera, y él me pedía que me acurrucara sobre él mientras iba tranquilo y en silencio, mirando Labana dormida y oscura. El aire me adormecía sintiendo su respiración asmática que a esa hora le fallaba por el frío de la noche.

Una madrugaba, atravesando la Plaza, yo acurrucada medio dormida sobre él, me espabilaron sus gritos pidiéndole al chofer que parara ahí mismo, en medio de Paseo frente al Martí de mármol. Se bajó a mirar fascinado cómo montaban una gran imagen del Sagrado Corazón de Jesús en la fachada de la Biblioteca Nacional. La figura iba a la mitad, y el corazón y la mano de Cristo sin cabeza aun creaban un raro icono con el Ché a la izquierda y el Martí de mármol a la derecha. Era lo real maravilloso anunciando la primera visita del Papa a la Cuba comunista. Los dos nos quedamos parados a mitad de Paseo, asombrados, mirando a los hombres armar aquella imagen enorme bajo las fuertes luces de las farolas de la Plaza. «Nunca pensé que vería algo así en la Plaza», susurré casi sin voz para no romper la magia del momento. Él me miró tranquilo y en silencio, me agarró del brazo hacia sí y me besó con delicadeza. «Lo único que falta es que ahora te haga el amor aquí mismo». Pero los guardias de la escolta de Palacio le cortaron las ganas con sus gritos ordenándonos que nos fuéramos inmediatamente o nos llevaban presos. «Otra vez será», comentó molesto mientras el chofer asustado arrancaba el carro a toda velocidad.

Después de aquella madrugada, como de costumbre, me desaparecí, pero esa vez él no aguantó mucho mi ausencia. Enseguida me llamó y sin preámbulos de ruegos me exigió, me ordenó que fuera a verlo esa misma tarde al apartamento rentado por horas. «Hoy llega el Papa, está todo cerrado y no sé si podré llegar al Vedado». Me excusé rápido. «Además, quiero ver la llegada del Papa». Seguí excusándome. Pero mandó a su chofer con Juan Gabriel a todo volumen en su casetera y no me quedó más remedio que ir a verlo, porque aquel negro sentado al timón frente a mi casa no se movió por más que se lo pedí. «Son órdenes del Padrino. Me dijo que te llevara aunque sea arrastrada por las greñas», afirmó seco sin mirarme cuando bajé a decirle que se fuera y me dejara en paz. Y adiviné que lo haría.

Por primera vez todo fue diferente. El chofer me llevó a otro apartamento rentado por horas, de frente a una de las calles por donde pasaría la comitiva del Papa. Llegar al sitio nos costó muchísimo porque había demasiado gentío en la calle y la Seguridad estaba más intensa que de costumbre. Cuando entré al apartamento, ahí estaba él esperándome sentado tranquilo y en silencio. Mirando la cobertura del recibimiento por el televisor. Me pidió que me acurrucara sobre él como hacíamos en el carro y empezó a besarme con delicadeza. Le pregunté por qué había cambiado de apartamento y sorprendido me respondió que lo hizo para que yo viera al Papa. «¿No es eso lo que querías?». Me reprochó casi molesto.

El Papa ya había aterrizado, lo habían recibido a todo bombo y platillo, y ya estaba saliendo del aeropuerto a recorrer Labana. Ver al Papa salir por las calles desató en él una ansiedad rara por poseerme y llevándome de un brazo se sentó en una silla de frente a la calle, en el balcón. Abajo el gentío, a la expectativa de ver pasar la caravana, nos daba la espalda. Arriba, él sentado tranquilo y en silencio, me acariciaba y besaba con delicadeza, pero manteniéndome de cara a la calle, para que pudiera mirar lo que acontecía. Me levantó la saya despacio, me besó las nalgas y me hizo sentarme sobre él, dándole la espalda. Me hizo sentarme sobre él, clavada, dándole la espalda. Él debajo de mí, sentado tranquilo y en silencio, yo arriba de espalda a él, con mis demonios desatados sin control, dándole cintura. Abajo, muy abajo, el gentío, ajeno al deseo de arriba, seguía a la espera.

A punto de llegar al orgasmo, el alboroto del gentío allá abajo me hizo abrir los ojos. Fue justo antes de venirme. En cámara lenta abrí los ojos y pude ver al Papa dentro de su pecera blindada, rodeado de la más estricta seguridad, saludando a todos. Justo antes del *blackout* de mi orgasmo público y aguantando las inmensas ganas de gritar, en cámara lenta abrí los ojos y lo vi allá abajo, encerrado tras el cristal, pero luminoso y sonriente, saludando con una mano mientras un sol radiante de enero lo envolvía. Luminoso y sonriente. En cámara lenta levanté mi mano para saludarlo y con la otra me aferré a la baranda del balcón. En cámara lenta, justo antes del *blackout* de mi orgasmo público, lo saludé y puedo asegurar que el Papa me miró, luminoso y sonriente. Me miró en cámara lenta y lo saludé. Después, me dejé arrastrar por aquel orgasmo. Cuando abrí los ojos de regreso a la realidad, ya el Papa no estaba y el gentío se desperdigaba por las calles.

Fue la última vez que estuvimos juntos. De regreso a mi casa esa madrugada no quise ir acurrucada medio dormida, escuchando su respiración asmática. Iba mirando por la ventanilla abierta, Labana oscura y dormida. Labana dormida soñando quizás con el Papa. Una tristeza fría me entumeció los brazos, haciéndome sentir que necesitaba, definitivamente, un cambio, una fuga, una hecatombe. Miré el Sagrado Corazón de Jesús, enorme, con el Martí de mármol a la derecha y el Ché a la izquierda, y le pedí en silencio que pasara algo. Cualquier cosa, pero que pasara.

Cuando llegamos a mi casa, por primera vez se bajó a besarme con delicadeza, en medio de la calle, cerca de la puerta de mi casa. Me leyó los ojos y me dijo: «¿Por qué presiento que esta vez vas a desaparecer para siempre?». Me leyó los ojos porque realmente me desaparecí y nunca más contesté sus llamadas suplicantes. Me desaparecí para siempre de todo, poco a poco, como quien prepara un viaje de no retorno y necesita privacidad, y secreto. Un viaje de no retorno que inicié aquella tarde de enero con la bendición del Papa, luminoso y sonriente, segundos justos antes del *blackout* de mi orgasmo público. Un viaje sin retorno que todavía no concluye. Con la bendición del Papa.

Cacería carnívora a ruleta rusa

Para A.A.M., porque en algún momento
fue emocionante

Estábamos allí a oscuras, sobre una colchoneta en el piso de un cuarto repleto de cajas de mudanzas. Los dos solos, acabados de conocernos hacía unas horas. Sucios y cansados, pendientes de tu hermana que debía estar durmiendo en el cuarto de al lado. Estábamos allí y tu mano enseguida me agarró las tetas. Como una señal de partida. Como un acto sin razón. Tu mano me agarró las tetas y desembocó todo lo demás.

Te lanzaste sobre mí, a horcajadas. Me sujetaste contra la colchoneta presionando mis caderas con tus muslos, sin darme espacio al movimiento. Era una escena de película de policías. Tú sobre mí inmovilizándome, aguantando mis manos sobre mi cabeza, fuerte. Aguantando mis manos y presionando mis caderas con tus muslos. Inmovilizándome. Empezaste a besarme suave bajando desde mi boca. Sin soltarme. Sin dejar espacio al movimiento. Te esforzabas por demostrarme que tenías experiencia a pesar de tu edad. Sabías que no me asustaba ni me sorprendía mucho, ni con mucho. Lo sabías. Por eso apostaste a esa primera noche como quien juega a la ruleta rusa. Simplemente apostaste a sorprenderme y todavía no entiendo por qué. No querías nada serio, ibas a casarte, según me comentaste unas horas atrás. Pero apostaste a inmovilizarme esa noche, a demostrarme que tenías mucha experiencia a pesar de tu edad y a sorprenderme. Apostaste a oscuras, sobre una colchoneta en el piso de un cuarto repleto de cajas de mudanzas.

Tu boca bajaba suave de mis labios a mi mentón. De mi mentón a mi cuello. De mi cuello a mis tetas. Bajaba suave. Tus manos presionaban mis muñecas contra la colchoneta. Tus caderas inmovilizaban mis muslos, mis caderas. Tus muslos cerraban en pinza sobre los míos. Inmovilizada. Tu boca bajaba suave y te dejaste llevar. Sencillamente te dejaste llevar cuando la adrenalina empezó a rellenar cavidades genitales. Te dejaste llevar.

Tu cuerpo sintiendo mi cuerpo debajo del tuyo. Yo sintiendo tu cuerpo sobre el mío cómo se dejaba llevar. La presión sobre mí que me inmovilizaba, descendía. Tu tensión descendía porque te dejaste llevar en la confianza del cazador. De tus manos, caderas y muslos descendía mientras la boca se volvía más suave en mis tetas. Te dejaste llevar por el placer del cazador sobre la víctima tendida, cazada. El placer que marea los sentidos. El placer que te cierra los ojos y deja pasar la sangre a borbotones a todas las cavidades genitales. El placer que marea. Ya no te esforzabas, simplemente te dejabas llevar por el placer. Aflojaste cada músculo tuyo que me inmovilizaba contra aquella colchoneta sobre el piso. Aflojaste cazador, mientras comías en mí, manso, comías en mí víctima tendida, cazada. Te dejaste llevar por el placer. Un, dos, tres y todo se viró.

De un movimiento brusco te volteé contra la colchoneta y quedaste debajo de mí. Inmovilizado debajo de mí y tus ojos abiertos de sorpresa no reaccionaban. Yo no los dejaba reaccionar porque a partir de ese instante, no te dejé reaccionar. Te arranqué el pantalón, el pulóver y te volví desnudo indefenso debajo de mí. Inmovilizado, desnudo. Cazador cazado. Y doblé tu apuesta. Como una bestia me alimenté de tus labios, de tu cuello, de tus tetillas, de tu vientre, de tu pinga, de ti. Como una bestia te mastiqué y tragué centímetro a centímetro sin dejarte reaccionar. Chupé cada gota de tu cuerpo hasta vaciarte. Inmovilizado debajo de mí, a oscuras sobre una colchoneta en el piso de un cuarto repleto de cajas de mudanzas.

Tus intentos por liderar fueron vanos. Por más que tus muslos apretaban no podían detener mis movimientos circulares sobre tu pinga. Por más que tus manos intentaron, no pudieron atrapar las mías. Por más que tu boca suplicó, no pudiste detenerme, ni conmoverme a la compasión. Apostaste y yo doblé la apuesta, cazador. Sobre ti, con desdén en mi cara, casi con asco, con dureza, sentada sobre ti, tragándote sin parar. Carnívora.

En un acto de rendición tus manos se aferraron a mis nalgas mientras intentabas incorporarte, sentarte a oscuras sobre esa colchoneta en el piso de un cuarto repleto de cajas de mudanzas. Tus manos se aferraron a mis nalgas con violencia en un acto de rendición. Con rabia. Y me empujaron contra ti. Tu acto de rendición que aceptaba que te tragara por completo, sin rebeldías. Carnívora. Me empujaron contra ti, tus manos para enfatizar mi desdén, mi dureza. Tus manos aferradas a mis nalgas, apretadas. Tu boca fiera buscando mi boca, ansiosa de morderme. Acto de rendición. Pero cerraste los ojos, abriste las manos, levantaste la cara al techo y te metiste espiral en un grito salvaje que salía de tus cavidades genitales que se vaciaban. Gritaste. Y en un temblor te lanzaste de espaldas, a oscuras sobre la colchoneta en el piso de un cuarto repleto de cajas de mudanzas. Te lanzaste. Acto de rendición. Único.

Pero yo no estaba saciada. Carnívora. De un golpe te traje de vuelta. Un golpe con la palma de la mano abierta, con desdén, con dureza. Te traje de vuelta y tus ojos volvieron a abrirse de sorpresa. Yo no estaba saciada. Apostaste y yo doblé la apuesta. Era el justo momento de demostrarme que tenías experiencia a pesar de tu edad. Pero no pudiste. De un golpe saturado de cólera infinita, un golpe de creador insultado por el discípulo insurrecto, te traje de vuelta. Te obligué a volver a llenar tus cavidades genitales. Con desdén, con dureza, casi con asco. Sin detener el paso, el movimiento. Te obligué y tus intentos por liderar nuevamente fueron vanos. Por más que gritaste, arañaste, golpeaste, halaste pelos, fueron vanos. Y no quedó más remedio que rendirte definitivamente, otra vez, a oscuras sobre aquella colchoneta en el piso de un cuarto repleto de cajas de mudanzas.

La noche pasaba, las horas pasaban y no había tregua. Te deshidraté. Te vacié cada espacio. Dominándote. Mi boca dolía de tu boca. Mis manos estaban acalambradas de tus manos. Mis muslos exhaustos seguían y seguían. Y mi vagina era un carbón incendiado en pleno desierto. Insaciable. Carnívora. Mis ojos deshabitaron tus ojos, volvieron un queso suizo tu cerebro. Mis carnes se fundieron en tus restos de carnes. Carnívora. Con desdén, con dureza, casi con asco. Y dándome la última gota, el último aliento, vi en tus ojos cristalizándose que habías comprendido que no me asustaba ni me sorprendía mucho, ni con mucho. Comprendiste que fue un error inmovilizarme, apostar a esa primera noche como quien juega a la ruleta rusa. Fue un error estar allí a oscuras, sobre una colchoneta en el piso de un cuarto repleto de cajas de mudanzas. Los dos solos, acabados de conocernos hacía unas horas. Sucios, cansados y pendientes de tu hermana que debía estar durmiendo en el cuarto de al lado. Fue un error, pero era tarde y amanecía.

No te casaste con aquella novia, no pudiste dominarme, ni doblegarme, no pudiste destruirme nunca, porque nunca salimos de la jungla, cazador. Siempre estuvimos de cacería. Siempre tendiéndonos trampas. Tú intentando inmovilizarme debajo de ti y yo esperando tu descuido de dejarse llevar. Dejarse llevar por el placer del cazador sobre la víctima tendida, cazada. El placer que marea los sentidos. El placer que hace cerrar los ojos, pasar la sangre a borbotones a todas las cavidades genitales, marear, aflojar cada músculo y te descuida. Suave. El placer de dejarse llevar y te descuida. Y en un, dos, tres y todo se viró.

A oscuras, sobre una colchoneta en el piso de un cuarto repleto de cajas de mudanzas. Temporal, el placer. Temporal, a oscuras, metido en cajas de mudanzas. El placer que te destruye y aniquila tu suerte hasta apretar el gatillo equivocadamente en el único hueco que tiene la bala. Ruleta rusa. Apostaste y yo aposté el doble. Carnívora. Te devoré. Punto.

Fotografía de encuentro

A G., fotógrafo

Click. Me chupo el índice lasciva con los ojos entrecerrados. Acostada vestida en aquella camita. Mi otra mano se pierde bajo mi minifalda. Tú estás gozándome detrás de tu lente. Yo inicio mi acto de enloquecer tus hormonas. Click.

(Pausa) «¿Cuánto tiempo hace?», dijiste, «Once años, han pasado once años», contesto, y tus ojos habituados a descubrir imágenes me desnudan, pieza a pieza despacio, como si tuvieras todo el tiempo del mundo en aquellos dos dedos de vodka a la roca, como si estuvieras otra vez en aquella camita, mi camita.

Click. Acostada vestida. Una mano sube la minifalda. No llevo pantis. La otra mano se hunde en mi vagina. Cierro los ojos. Me muerdo los labios. Los muslos apretados para aguantar los temblores. El lente se mueve. Se pierde el foco. Tus manos tiemblan. Click.

(Pausa) «Estás bella, igualita», susurras y bebes un trago largo como si el recuerdo te secara la garganta, como si necesitaras mojarlo para desdibujar mi cuerpo desnudo haciéndote señas para que dejes la cámara y me penetres. Te mueves inquieto en la banqueta porque la erección revienta el pants, masajeas disimuladamente tu entrepierna y vuelves a beber, largo, sediento.

Click. Mi cara es una mueca de complacencia. Los ojos entrecerrados. Blancos. Mis dos manos penetrándome. La minifalda enrollada en mi ingle. Las rodillas juntas. Apretadas. La sábana arrugada. Una esquina de ventana por donde se cuela el sol. Click.

(Pausa) «¿Te divorciaste?», indagas. «Sí». «¿Tienes novio?», continúas. «No», y monosilábica apuro mi margarita. Tus ojos como la lente de tu cámara, atentos a mis labios y mi lengua que tragan, tragan. Cierras el puño como si apretaras el obturador. Cierras los ojos, la frente te suda, e intuyo que sigo tragando en algún rincón de tu cerebro. ¡Trago!

Click. Medio sonrío. Mi mano húmeda en mi boca. Tu mano metida en el plano. Tocando mi mano mojada. Buscando mi humedad. Mi otra mano relajada saliendo de entre mis muslos. Mis muslos blancos sobre mi camita. La blusa medio abierta. Mis ojos sonríen satisfechos. Chinitos. Plano inclinado. Tú no puedes más. Espectador ¿pasivo? Ojo tras la lente. Click

(Pausa) «Todavía tengo tus fotos». «Yo las quiero», contesté rápido. «¿Quieres que te haga nuevas fotos desnuda?». «No, quiero aquellas». «¿Pero no quieres nuevas fotos desnuda?». Insistes morboso. Ahora soy yo la que trago de una sentada mi margarita. Cierro los ojos y en algún rincón de mi cerebro me veo tragando, sigo tragándote.

Click. Un estudio cerca de la Calle 8. Los dos solos. Un sofá viejo con una manta multicolor. Las luces listas. Una red negra. Yo desnuda. Mi pelo rojo suelto hasta la cintura.

Mojado. Ondulado. Descalza. Tu lente abre y cierra, cierra y abre. Penetrándome. La red sobre mi cara. Sobre mis tetas. Tu lente se acerca. Primer plano. Respiras cada vez más fuerte. Mi perfil con la red sobre mi cabeza. Plano detalle. El pelo me cubre la cara. Las piernas abiertas. Mis dedos tapando los pezones. Mi piel blanca. Suave. La red negra. La red negra sobre mi barriga. Descubriendo todo. Blanco y negro. Tu lente abre y cierra, cierra y abre. Disparando. Me tocas. Tus manos sudan. Tu respiración es un huracán. Me tocas. Acaricias fuerte. Respiras fuerte. Me besas los hombros como un caníbal. Me agarras las tetas con dureza. Me empujas hacia ti. Brusco. Macho. Tu pinga maltrata mi nalga. Tu pinga detrás del *zipper*. Detrás del *jean*. Maltrata mi nalga. Me aprietas duro contra ti. Me restriegas el *zipper*. Tu *jean*. Tu pinga. Mi nalga. La cámara hace malabares en una de tus manos. La otra mano intenta abarcarlo todo. Todo mí. Tu mano enloquece. Suda. Tu saliva desborda mi cuello. Tu boca me mastica. Tu boca en mi cuello. Tus dientes me lastiman. Tus dientes. Tus labios. Mi cuello. Finalmente desesperas. Me agarras por la cintura. Me lanzas sobre el sofá. Te arrancas el *zipper*. Liberas la bestia. La bestia se me cuela entre los labios. Muerdo. Lamo. Saboreo. Ensalivo. Fricciono. Punta de lengua-garganta-garganta- punta de lengua. Acaricio con mis labios. Tu cámara sigue haciendo malabares en tu mano. La otra mano me agarra los pelos. Me empujas la cabeza. Me enseñas a domesticar tu bestia desenfrenada en mi boca. Tu cámara no se detiene. La lente abre y cierra, cierra y abre. Me atraganto, pero no paro. Tus dedos se aferran a mis pelos. Una convulsión te posee. Frenética apuro los movimientos. Labios-lengua-fricción-garganta. Gritas. Animal. La lente se abre. Se abre. Se abre en un movimiento detenido. Infinito. Un olor a cloro me inunda la garganta. Me sale por la nariz. Gritas. Trago, trago, trago. «¿Y yo qué?». Te miro devorándote epidermis. Dermis. Me abro de piernas al infinito. Visualizas. Tu respiración agarra fuerza 5. La bestia mete un cabezazo. Repunta. Colocas la cámara en el piso. Suavemente. Te arranco el pantalón. La bestia resopla en mi mejilla. Golpeándome mi mejilla. Te enredas con el pulóver. Con la manta multicolor. Una pierna. Una pierna sobre el espaldar del sofá. Te arrodillas en el sofá. Frente a mí. Mirando fijo ese hueco misterioso. Abierto. Profundo. Metes tus dedos. Te regodeas en lo mojado. Suspiro. Tu mano mojada acaricia la bestia. Suave. Adelante y atrás. Atrás y adelante. Tu mano otra vez. Tu lengua. Tu boca que me come. Tu boca en mi hueco. Profundo. Abierto. Lengua-mano-dedo-lengua-labios-hueco. Tus dos manos agarran. Carne. Agarran. Brusco. Macho. Tu lengua acaricia. Clítoris inflamado. Lengua. Manos. Dedo. Labios. Grito. Desesperada. «¡Métemela, cojones!», ordeno. Te ríes. «Espérate, mami chula». Te ríes. Acaricias tu bestia con tu mano mojada. Adelante, atrás. Adelante, atrás. Furiosa te agarro con mis dos manos por las nalgas. Te empujo. Te clavo en mí. Adelante y atrás. Atrás y adelante. Adelante y atrás. Grito. Silencio. Tu respiración. Mi respiración. De tormenta a calma. Silencio. Click.

(Pausa) «Todavía tengo tu foto», sentencio. «¿Cuál?», preguntas curioso. «Aquella, la de la red negra». Y pides otro vodka a la roca. «¿Aquella?». «Aquella». Y yo también pido otra margarita. «¿Cuánto tiempo hace?» Y me rozas con los dedos el antebrazo. Tus manos sudan. Tu respiración es cada vez más fuerte. Es un huracán. Scorpions canta por algún rincón: «*walking down the street, distant* memories...». Tus manos sudan... «*take me to the magic of the moment on a glory night...*». Te tocas la entrepierna. Cierro los ojos y veo la bestia. Mis manos sudan. ¿O son tus manos? No sé. Me erizo. El tequila quema mi garganta y un olor a cloro me sube a la nariz, suave. Abro los ojos. Tú estás también distante, estás muy lejos e intuyo que en alguna esquina de tu cerebro me tienes tragando. Bebes. El cristal y el vodka distorsionan tu rostro. Caen gotas. La bestia. «¿Realmente quieres hacerme fotos desnuda otra vez?». «Claro, mami chula, tú sabes que tú eres especial para mí». Mis manos sudan. Tus manos sudan. Trago, trago, trago. «Está bien, hagamos más desnudos». Brindamos. Trago, trago, trago. La bestia repunta, cabecea y yo cierro los ojos encomendándome al que sea. No quiero pensar que otra vez la desaté. La bestia. Trago. Tu respiración. Mi respiración. De tormenta a calma. Silencio. (Pausa) Click.

Un rapidito para revivir

A J., por su boca a boca
justo cuando más lo necesitaba

¿Por qué estábamos en aquella fiesta, en la casa de aquella mujer que ninguno de los dos conocía de nada? No lo sé y creo que no lo sabré, porque a veces la bruma del alcohol no me deja mirar con claridad el pasado, y entonces solo se me revela en fragmentos de locura. Lo cierto es que estábamos allí, en aquella fiesta y en aquella casa de aquella mujer que ninguno de los dos conocíamos de nada. Nosotros tampoco nos conocíamos de nada. Hacía calor y la cerveza corría garganta abajo sin parar. Nos mantenía de pie, bailando lasciva y perpetuamente el ritmo pegajoso de una canción inentendible en aquella terraza desconocida, en aquella tarde ardiente. Alguien nos presentó y empezamos a olernos como dos perros en una esquina. Más bien a escanearnos y a contarnos las penas de recién divorciados con hijos. Tú mirabas mi escote y yo te miraba, completo tú.

La tarde avanza y el alcohol también. Ya hicimos el ridículo cantando a todo pulmón, ya me fotografié con las amigas en posiciones raras que sé que mañana me avergonzarán cuando las vea publicadas en el cibersolar, ya mi maquillaje es un abstracto desgastado, mis ropas un asco de puro sudor y mi cabeza envía ordenes erráticas a mi cuerpo, pero tú sigues mirando mis escote y yo sigo mirándote, completo tú. Alguien vomita. Otro llora. Aquellos flirtean mientras el marido de ella duerme la borrachera en una tumbona. Unos vecinos gritan sobre la cerca y se forma un tráfico de cervezas para allá y de carne asada para acá. Gritos, risas, meneos morbosos, chistes subidos de tono. Atardece con un calor bien mojado y de pronto tu mano sobre mi muslo. Miro para saber que no me lo invento, porque a esta hora cualquier alucinación puede llevar a fatales consecuencias.

Tu mano sube por mi muslo, trepando como una serpiente que llevara un misil inteligente incorporado. Sin desvíos. Me asusto. Desde mi «traumática separación» no había vuelto a tener la mano de un hombre sobre mi muslo, ni siquiera a un hombre en remojo -realmente llevo muchos años sin un hombre en remojo excepto mi ex-marido-, así que me doy cuenta que he perdido la costumbre. Me asusto, pero tu mano no tiene frenos. Y a mí a esa altura, con el atardecer mojándome de calor y las cervezas, me da lo mismo Dios que un caballo, ¿para qué mentirnos?

Tu mano sigue hasta atravesar mi más profunda profundidad y vivan las redundancias. Me asusto. Demasiado público a mí alrededor para romper el hielo después de tanto tiempo sola. Pero tu mano no para. Me vuelvo loca porque tocas por allá algún botón de esos que hacen saltar de pronto y me asusto. ¿Dioooos, desde cuándo no hago estas locuras? No me doy cuenta que nadie mira porque están todos a lo suyo, disfrutando la borrachera, pero no me doy cuenta y me asusto. «¡Necesito ir al baño!». Digo y me levanto como un bólido, logrando mantener el equilibrio en línea recta sin tropezar con las mil decoraciones doradas de aquella casa desconocida.

Baño cerrado. Y tu voz detrás de mí. «Yo también necesito ir al baño, si no te molesta compartirlo conmigo». ¿Y entonces? Me asusto. Definitivamente estoy fuera de «*treinin*», diez años atrás ya te hubiera desnudado sobre esa silla de la terraza, completo tú. Tus manos intuyen mi miedo y me convencen apretándome las nalgas. Te pegas a mí y siento tu pinga erecta que no disimulas. Cierro los ojos para no pensar, solo déjate llevar, susurro. «¡Eso es, déjate llevar!», dices en mi oído y tu pinga presiona con todas sus fuerzas mis nalgas mientras tus manos recorren mis caderas, mis muslos... abren la puerta del baño y nos separamos asustados como chiquillos cogidos en falta. Mi corazón casi lo escupo y tú no sé, pero siento que armas un desorden a mis espaldas cuando casi tumbas algún adorno.

Sin moros en la costa, entro a velocidad sideral al baño, pero tú te cuelas detrás de mí, cerrando de un golpe la puerta con seguro. «Realmente necesito orinar». Te digo casi sin voz de miedo. «¡Mea, yo te miro!». Orino a chorros mientras tú sacas la pinga frente a mí y escuchándome, mirándome, oliéndome, comienzas a manoseártela. Trago saliva porque es un ejemplar de colección lo que tengo casi metido en mis ojos entre ceja y ceja. No me das tiempo ni a secarme ni a lavarme las manos. Agresivo me levantas por los brazos, con pantalón y blúmer por el suelo, me pones de espaldas a ti y de frente al lavamanos. Salvaje me presionas por la espalda para que me doble, apretando mi espalda me metes tu pinga como si nos conociéramos de toda la vida. Inmediatamente te entra el desenfreno de la cintura. Me aferro al lavamanos y me dejo llevar por tus golpes violentos de cadera y cintura contra mí, porque a esa altura ya perdí el susto.

Te veo a través del espejo del lavamanos: los labios apretados, los ojos semicerrados, medio arqueado hacia atrás y agarrándome con tus manos, una apoyada en mi espalda para obligarme a estar doblada, la otra aprisionando mi cintura. Tus manos apretadas que hacen que tus músculos del brazo se tensen. Tus brazos trigueños, oscuros, puro músculo. Brillas. Te veo a través del espejo y quiero lamerte a dentelladas, pero tu pinga sin control, castigadora, no deja que ni siquiera respire. Bum bum bum bum contra el lavamanos, tu cadera contra mis nalgas, mi vientre contra el lavamanos, bum bum bum bum.

El alcohol no coopera y siento que mis piernas no existen, dejan de pertenecerme. Cierro los ojos, todo da vueltas y solo en mi cabeza escucho el bum bum bum bum de tu cuerpo contra el mío, contra el lavamanos, como si algún aparato amplificara el sonido y se escuchara por toda aquella casa desconocida. ¡Bum bum bum bum! En mi cabeza, en mi vagina, en mi cuerpo. ¡Bum bum bum! Tocan a la puerta. Seguimos, no paramos. ¡No podemos parar! Tocan a la puerta, más fuerte. Te miro por el espejo y pones cara de frustración. Molesto. Tocan a la puerta. Asustada, intento sacarte de adentro de mí, pero con un gesto violento, clavas más. Reafirmando que no quieres sacarla, que te urge dejarla metida allí. Te suplico con mi mirada a través del espejo. Aprietas más los labios, furioso. Tocan a la puerta. La sacas de un tirón, de la misma manera que la clavaste. Apresurados nos arreglamos la ropa. Voy a abrir la puerta y me atrapas. Me agarras con fuerza por los brazos y me dices con rabia, tus labios en mis labios: «¡Esto no ha terminado!». Contra la puerta, me muerdes la boca, me besas con agresividad y me sueltas.

Salgo intentando aparentar normalidad. Frente a mí un desconocido, borracho, sonríe libidinoso. Sigo de largo sintiendo como la entrepierna de mi *jean* se moja sin remedio. Goteo mi deseo. Detrás de mí te siento salir furioso, decirle una frase descortés al inoportuno y hasta me imagino un empujón contra alguien o algo. Atrapo una cerveza fría, muy fría. Me siento, más bien me lanzo sobre la primera silla vacía y por fin respiro. Mi vagina comienza a latir, a contraerse. Trago la cerveza de un golpe y cuando abro los ojos, desde la otra punta de la terraza, tus ojos negros, inmensos, me desnudan a manotazos, con rabia. Levantas tu cerveza a mi salud y aprietas los labios. Cae la noche.

Llegan las despedidas, los agradecimientos, los chistes de última hora, los borrachos que a duras penas encuentran su carro en aquel laberinto frente a la casa desconocida. Mis amigas inquietas me repiten mil veces si estoy bien para conducir. Mil veces contesto que sí, hundiéndome sin piedad en tus ojos negros clavados en mí. Me monto, enciendo el carro y cuando voy a salir, te lanzas contra el *driveway*. Te paras frente a mí. Bajo la ventanilla y metes la cabeza hasta casi chocar con la mía y me sueltas entre dientes: «¡Te dije que esto no ha terminado! ¡Vivo cerca, sígueme para guiarte!». Mis amigas miran curiosas la escena, hacen señas preguntando y contesto con un gesto aplacador de mi mano que después les cuento. Sonríen picaras. Salimos, tú delante en tu Volkswagen amarillo, yo detrás a toda mecha.

Mil vueltas hasta llegar a tu apartamentico lleno de espejos y una cama enorme en el centro que incita a revolcarse. No respiro porque me arrancas la ropa, te arrancas la ropa y me lanzas sobre la cama al mejor estilo Neandertal. No respiro porque el bum bum bum bum vuelve a poseerme y pierdo la noción del mundo real hasta que al amanecer despierto. Me despiertas con un beso suave, tierno y siento que brillo. Con tu boca en mi boca y un dolor en cada rincón de mi existencia, pero siento que brillo. Me miro en tus espejos, ojerosa, pálida. Brillo. Me doy cuenta que tu bum bum bum me puso de pie nuevamente y que ya puedo volver a andar. Otra vez andar. Siento que brillo. Bum bum bum... ¡Brillo bendito!

Un viaje a Santo Domingo

(Ahora antes) «¿Qué hago en este avión?». Me preguntaba una y otra vez mientras intentaba leer el libro que cargué para atenuar el miedo a volar. Todos dormían y por la ventanilla ni siquiera podía adivinar mi isla natal por allá abajo, perdida en la oscuridad de la noche. «¿Qué hago en este maldito avión?». Y pensaba sin cesar en esta locura que me llevó a sacar un boleto de último minuto, a meter un poco de ropa en un maletín de mano y a encaramarme en un avión un viernes por la noche rumbo al Caribe. «¿Qué hago en este maldito avión de mierda?». Finalmente llego al aeropuerto internacional de Santo Domingo. Llueve. Es de noche y llueve. Tomo un taxi y doy la dirección del hotel donde te alojas. Por la ventanilla miro una ciudad que se parece a mi ciudad, la que me duele en el pecho. Llueve y es tarde. El lobby desierto con un hombre en la recepción, planchado, impecable, pero que disimula el bostezo con la sonrisa amable al verme entrar. Afirma que no estás en tu habitación. No me esperas, remaldigo. «¿Por qué cojones no me esperas si estuvimos hablando hasta que entré al avión? ¡Si sabías que llegaba a esa hora! ¿Por qué cojones no me esperas?». Remaldigo. Le doy tu número de celular y llama. No contestas. Llama varias veces. No contestas. Finalmente mira un reloj en la pared, sonríe y me dice que puedo subir a tu habitación. Me da la llave electrónica.

Maldigo en voz baja mientras arrastro mi maletín de mano. «¿Por qué cojones me monté en ese puto avión de mierda para venir a verte? ¡Definitivamente estoy loca! ¡Loca de mierda!». Maldigo mientras camino por el pasillo desierto buscando tu habitación. Abro la puerta. Dentro todo está en penumbras. Junto a la cama y sobre la mesita de noche, una lamparita encendida. Acostumbro mis ojos y te veo. Parado frente a mí, del otro lado de la cama. Te veo riendo nervioso como un niño malvado que hubiera cometido una travesura. Me doy cuenta que habías tramado desesperarme. Bromista. Abres los brazos para recibirme. Suelto mi maletín. Voy a ti y me abrazas con pasión. Me besas ansioso raspándome con la barba sin afeitar. Me cargas abrazándome, con firmeza, aguantándome por las nalgas. Me besas sin parar, sin parar. Me acuestas sobre la cama y empiezas a quitarme la ropa con ganas. Yo te ayudo mientras también te quitas la ropa con ganas. Me miras desnuda sobre aquella cama de hotel, bajo la luz de la lamparita de la mesita de noche. Te lames los labios mirándome y abres mis piernas penetrándome con dos dedos, mientras con la palma de tu otra mano haces presión sobre mi monte rapado. Haces presión y me penetras con dos dedos volviéndome loca.

(Recuerdo) Una amiga vidente me anuncia tu llegada y tus ganas. No le creo. Me anuncia una y otra vez tus ojos claros, pero sigo sin creerle. Hasta que de tanto insistirme, ofrezco una recompensa pública a quien te encuentre, desconocido de ojos claros. Pero no hizo falta pagarle a nadie porque cuando escuchaste mi anuncio, te descubriste. «Llámame», dijiste a media voz para que nadie te escuchara y yo no salía de mi asombro porque trabajamos juntos hacía mucho tiempo y no imaginaba que tú, precisamente tú, fueras el desconocido de ojos claros. Por supuesto que te llamé, aun en *shock*. «Me voy de viaje». Fue lo primero que me dijiste. Y maldije a la amiga vidente que te anuncia y luego te aleja. «Me voy de viaje, pero regreso. Voy a trabajar a Santo Domingo». Bueno, algo se consumará finalmente, pienso. Y descubro que mi amiga vidente no se equivoca, resulta que hace mucho tiempo tienes deseos de atropellarme, de triturarme, de destrozarme con toda tu maquinaria pesada, según me cuentas. Era viernes por la noche. Hablamos hasta que me dijiste que habías llegado a tu casa y tenías que colgar. Nos despedimos y recordé que eras casado. Maldije a la amiga vidente que te anuncia, hombre casado. El domingo me escribiste por el chat. «Me voy hoy». Ibas detallándome cada acción: estoy doblando la ropa, estoy preparando el maletín, ya tengo todo listo, me voy, beso, bye. Y te fuiste. Durante dos días no supe de ti hasta el miércoles que vuelves a escribirme por el chat. Era demasiado tarde en la noche. «¿Qué haces?», escribes. «¡Ven a verme!», escribes. Y sin pensarlo abro otra ventana en Internet y empiezo a mirar pasajes para Santo Domingo. «¡Ven a verme!», escribes varias veces más. Y no me decido. Eres casado, esto es una locura. El jueves arremetes con más fuerza. «¡Ven a verme!». Escribes insistiendo. Vuelvo a chequear pasajes y sin pensarlo compro uno para el viernes por la noche. Sin pensarlo. No puedo creerlo, pienso más tarde sola en mi cama. «¡Definitivamente estoy loca! ¡Loca de mierda! Eres casado, esto es una locura», y mientras lo pienso me duermo.

(Ahora) Te ríes nervioso mientras me penetras con tus dos dedos. «¡Ven, métemela!». Te pido. Te ríes nervioso. Me halas hacia el borde de la cama, alta. Mis nalgas justo en el borde y mis piernas abiertas, con los tobillos sobre tus hombros. Tú de pie me la metes suave, empujando hacia ti mis caderas que agarras firmemente. Al principio te mueves despacio, pero vas subiendo tu intensidad. Poco a poco vas subiendo la intensidad. Me agarras una pierna mientras te mueves más rápido, metiéndola. Acaricias mi pierna, mi muslo. Mi tobillo sobre tu hombro. Tengo las uñas pintadas de rojo. «A los hombres les gusta las uñas pintadas de rojo. No sé por qué, pero les gusta», pienso mientras con una mano me presionas mi monte rapado y me la metes subiendo en intensidad. Sigues de pie. Te apoyas sobre mis muslos, sobre la parte posterior de mis muslos sin dejar de metérmela. Mis piernas alzadas, abiertas y tú apoyado en la parte posterior de mis muslos. Con las dos manos apoyado. Cierras los ojos y sigues moviéndote aumentando la intensidad. Te apoyas con una mano sobre la parte posterior de uno de mis muslos y con la otra mano vuelves a hacer presión sobre mi monte rapado. Presionas, metes, subiendo la intensidad. Hasta que perdemos el control. Te vienes. Me vengo. Gritamos.

(Ahora después) «Estoy cansado», afirmas. «Trabajé todo el día», afirmas. Y te acuestas en bóxer blancos, con la espalda contra el respaldo de la cama, y te das dos palmadas sobre el pecho invitándome a acostarme sobre ti. «Estoy cansado». Repites. Recuesto mi cabeza en tu pecho, te abrazo por la cintura, mis piernas enredadas en tus piernas. Yo desnuda y tú en bóxer. Te pones los audífonos diminutos del IPod. «Tengo que escuchar la música del espectáculo. Saber cada nota, cada movimiento». Te excusas y me pones un auricular en uno de mis oídos, el otro en tu oído y escuchamos. «*Why can't I love you in slow motion? Take my time. Take away the pressure on my mind*». Escuchamos juntos. Yo recostada en tu pecho. Tú sobre un montón de almohadas con los audífonos puestos, escuchando la música del espectáculo. «Eres casado, esto es una locura», pienso mientras nos quedamos dormidos. Cuando me despierto, estás sentado desayunando junto a la ventana abierta. Tienes los audífonos puestos y haces anotaciones en el guion técnico del espectáculo, creando movimientos de cámara, ubicando luces. Haces anotaciones, escuchas música y no te das cuenta que desperté. Te miro acostada, desnuda porque siempre duermo desnuda, bocabajo y las piernas abiertas. Te miro tan fijo que levantas la vista y me miras. Me sonríes. Te invito a la cama con un gesto. Sonríes y te quitas los audífonos. «Tengo que ir a trabajar». Te excusas. «Puedes llegar tarde, para eso eres el director». Te digo y repito mi gesto, mi invitación. Te levantas y me miras el cuerpo desnudo, caliente de la cama. Me acaricias la espalda, las nalgas, las piernas. Me acaricias el cuello y me tomas por la cintura. Me halas hacia ti. Abres tu portañuela y te tocas. Te arrodillas sobre la cama y me halas hacia ti, de espaldas. Alzas mi culo, abres mis nalgas y me penetras. Te ríes cuando sientes que estoy muy mojada. Me penetras vestido. Yo en cuatro como una perra y tú penetrándome arrodillado sobre la cama. Vestido. Yo te esperaba de noche, leyendo desnuda sobre la cama y tú regresabas cansado de trabajar todo el día en el teatro. Te contaba que había recorrido la ciudad vieja, el malecón, que había hecho amigos nuevos: un iraní chef de sushi que está enamorado del Caribe y me describió la Catedral con demasiada pasión; un venezolano *gay* que trabaja en el aeropuerto de New York y acumula millas para visitar a sus amantes regados en diferentes ciudades; un dominicano negro como el azabache que vende libros y me regaló La Condesa Hereje, un libro que hacía tiempo quería leer, y estuvimos hablando muchísimo porque el negro dominicano resultó ser un erudito del Medioevo. Tú me escuchabas y te reías. «¡Estás loca!», decías. «Sí, estoy loca. ¡Definitivamente estoy loca! ¡Loca de mierda!». No te contradecía. «Eres casado, esto es una locura». Pensaba y me penetrabas suave con dos dedos, tímido al principio, acariciando cada rincón de mis genitales demasiado mojados. Explorando mi vagina con todo lo que tuvieras: tus dedos, tu lengua, tus labios. Hasta que enloquecías, me enloquecías y templábamos en todas las posiciones que podíamos e inventábamos en aquel cuarto de hotel en el centro de Santo Domingo. Casi amanecíamos templando, cuando cansados nos quedábamos dormidos. Yo con mi cabeza sobre tu pecho, tú con los audífonos del IPod escuchando: *«But rewinds wanna love you in slow motion. Why can't I?»*.

(Ahora después final) El lunes de madrugada me monté en el avión de regreso. Llevaba tu olor en mi piel. La despedida había sido intensa, una hora atrás. Tu medio dormido, yo medio vestida a punto de irme. El IPod sonando: *«Why can't I love you in slow motion? Take my time. Take away the pressure on my mind but rewinds wanna love you in slow motion. Why can't I?»*. Sin tiempo para dejar mi cabeza sobre tu pecho. Me penetraste con desespero, como si más nunca nos fuéramos a ver. Agarrándote a mi cintura con fuerzas mientras me la metías, primero suave y después subiendo en intensidad. Me templaste con desespero y cuando reventamos dentro, te apartaste. «Cuídate, ten un buen viaje». Me dijiste y te quedaste parado en el medio del cuarto, viéndome ir. Los ojos tristes, en la penumbra del cuarto. Te quedaste parado sin fuerzas para detenerme, para nada. Te envié un texto que nunca contestaste, pero sé que recibiste: «Llegué sana y salva». Y miré al Oficial de Inmigración que, chequeando mi pasaporte, me preguntó en español cuál fue el motivo de mi viaje. Y le dije sonriendo: «De placer». El oficial miró mis ojeras, seguro que percibió tu olor e imaginó mi vagina todavía húmeda de tu leche. Sonrío con malicia y dijo: «*Welcome back!*». Caminé cansada hacia el parqueo del aeropuerto buscando mi carro. Encendí la radio: «*But rewinds wanna love you in slow motion. Why can't?*». Me reí a carcajadas mirando mi Mayami amaneciendo. «¡Definitivamente estoy loca! ¡Loca de mierda! ¿Pero qué cojones?». Me reí a carcajadas, por primera vez en muchos meses de dolor, me reí a carcajadas y manejé decidida hacia mi casita. «¡Definitivamente soy una loca de mierda!».

Sexo textual

Productores. Monitores. Luces. Micrófonos. *Chyron*. *Prompter*. Talento. Invitado. Vídeo. *Five... four... three... two...* (Seña)... *On Air*! Encerrados en el *Control Room* como peces en pecera. Tú director, yo productora. Sentados uno al lado del otro. Programa en vivo con la tensión por las nubes. Todos a nuestro alrededor en segundo plano y nuestras carnes a escasos centímetros del roce que evitan. Nuestras carnes que se muestran pública y aparentemente apacibles, concentradas en su rol laboral. Por dentro el volcán que nos calcina los deseos de tocarnos, de besarnos, de abrazarnos, de tirarte sobre esta silla y penetrarme hasta el desfallecimiento.

Texto entra a mi celular: «esa silla aaaghh tenerte en esa silla».

Texto sale de mi celular: «sincronizados. Quiero tenerte en esta silla».

Las órdenes se mezclan de ti para el TD, del TD para ti, de ti para los camarógrafos, de mí hacia ti, de ti hacia Sonido, de mí hacia Vídeo, de ti hacia *Chyron*, de mí hacia *Chyron*, del Productor Ejecutivo al Talento, de mí hacia ti, de ti hacia mí. Las conversaciones breves, los chistes para suavizar la presión. *Master Control* grita que dentro de poco nos vamos a *break* comercial. Un celular suena. ¡Apaguen ese *fucking* celular que estamos en vivo! Y esta nuestra soledad pública que nos mantiene desnudos, calientes, mojados, comiéndonos a textos afiebrados sin perder la concentración del programa al aire.

Texto entra a mi celular: «ricooo pienso en esta mañana».

Texto sale de mi celular: «quiero chuparte hasta la simiente de tus huesos».

Texto entra a mi celular: «chúpame».

Texto sale de mi celular: «te chupo con mi lengua en tu lengua mi lengua en tu pinga».

Vídeo lanza el *package* informativo para la entrevista. ¿Dime el tiempo que me queda vídeoooo? Tenemos dos minutos. Atenta a los *supers*, al vídeo, al Productor Ejecutivo, a lo que dice el Talento, a ti, a tus textos ardiendo que me incendian la piel bajo esta temperatura de quince grados Celsius. *Master Control* pide a gritos conteo del segmento. Tranquilos que regresamos del *package* y todavía tendremos como tres minutos. A una cámara se le cae el pedestal. ¡Necesitamos al Ingeniero! Marco aprisa el número en el teléfono. ¡Ingeniero tenemos una emergencia en el Estudio! Corre-corre. El invitado suda. ¡Maquillajeeeeeee! ¡Retoquen a ese invitado!

Texto que entra a mi celular: «aaagghh si pudiera tocarte ahora. *Touch me!!*».

Texto que sale de mi celular: «Quiero subirme a tu pinga!! *Now*!! Y romper el eje de mi cintura».

Texto que entra a mi celular: «aaagghhh *yeah get up*!! De frente!!».

Texto que sale de mi celular: «*woman on top*».

Texto que entra a mi celular: «*woman on top yeah yeah*».

Se acaba el *package*. Conteo. *Ten, nine, eight, seven, six, five, four, three, two, one.* Habla Talento a cámara. ¡Nooooo, no le preguntes eso Talento! Productor Ejecutivo enfurecido. ¡Quitaaaaa ese *super* que tiene faltas de ortografía! ¡Lanza la foto, ahora! Instrucciones van y vienen, gritos, tensión. Errores. ¡Tiempo! ¡Talento tenemos que irnos, se acaba el segmento! ¡Vámonooooos! ¡Despídete del invitado Talento! ¡Vámonoooos que nos vamos de medición! ¡*Master Control* atentos que nos vamos! ¡*Five... four... three... two... break!*

Relajación breve. Productor Ejecutivo pelea con el Talento. Entra el próximo invitado. Vídeo chequea lo próximo que tira cuando empieza el segmento, todo bien. *Chyron* revisa peleando las faltas de ortografía. El Ingeniero supervisa la cámara que tuvo problemas. Los camarógrafos bromean entre ellos, se escucha un estruendo de gallineros por los micrófonos que tú bajas un poco. Nos miramos y aunque intentamos aplacar los deseos, el brillo de nuestros ojos nos delata.

Texto que sale de mi celular: «quiero hacerme líquida arriba de ti. Ven, métemela!».

Texto que entra a mi celular: «tocarte los muslos, morderte las tetas aaagghh».

Texto que sale de mi celular: «tu lengua desesperada volviéndome loca... méteme tu lengua».

Texto que entra a mi celular: «tus labios abajo, en mi boca».

Texto que sale de mi celular: «ay papito, te tengo clavado en mí ahora, ay papito!».

Master Control llama que en 30 segundos regresamos. ¡Preparados todos! El Ingeniero entra y nos comunica que todo arreglado. El Productor Ejecutivo sigue discutiendo con Talento. Vídeo chequea por última vez el *package* de entrada. *Chyron* pone el *super* sobre la primera imagen. *Master Control* llama que en 15... en 10... *nine... eight... seven... six... five... four... three... two... rolling video!* El Productor Ejecutivo estalla furioso con el Talento. ¡Haz lo que quieras Talento, yo me lavo las manos! ¡Silencio por favor! Gritas desesperado. ¡Talento atenta que este *package* es corto! Talento hace señas que no ve el *Prompter*. ¡*Prompter* muévete, *Prompter*! ¿Otra vez dormido, *man*? Pasa *Prompter*, Talento lee. ¡Tranquila que eso no es hasta el final del segmento! Okeeey. Termina el *package*, listo Estudio.

Texto que entra a mi celular: «siiii clavado en ti no me canso de clavarte *baby* aaaghh».

Texto que sale de mi celular: «muévete así papi que casi llego».

Texto que entra a mi celular: «que rico *baby* aaaghh muévete daleeee».

Texto que sale de mi celular: «me tienes a punto de explotar papi!»

Texto que entra a mi celular: «explota sobre mí ven ven aaagghh».

Texto que sale de mi celular: «ya casi llego papi, ya casi llego!».

Talento pregunta, cuestiona inquisitiva, discute, patea. El invitado suda, el otro invitado interrumpe. No se entiende nada. Discuten. El Productor Ejecutivo se encabrona. *Chyron* grita que se le acabaron los *supers* para el tema. ¡Repítelos! Tú gritas. ¡No puedo, ya no están hablando de eso! Grita *Chyron* de vuelta. ¡Producción que alguien resuelva este problema! Agitación en *Control Room*, entra una Productora que se sienta con *Chyron*. Dicta *supers* a la carrera. *Chyron* protesta que así no se puede trabajar. El Productor Ejecutivo lanza su *headset*. ¿Qué hace Talento, de dónde saca esas preguntas? La discusión entre los invitados sube de tono. *Floor Manager* atento por si acaso los invitados pasan de las palabras a los insultos, de los insultos a las agresiones. ¡Talento tranquiliza a esos dos! ¡Que nooo, que la discusión está buena! ¿Tenemos otro *package* sobre el tema? ¡Ponlos en dos *boxes* enfrentados! ¡No tires *BRoll* ahora, que se vean las reacciones de los invitados! ¡Muévelos! ¡Qué lindo ese plano! Tú sonríes. ¡Gracias! Los invitados se insultan. La presión sube, todos atentos, gritos en *Control Room*, todo aprisa como de costumbre.

Texto que entra a mi celular: «yo también te la voy a dar».

Texto que sale de mi celular: «dale papito que no puedo más».

Texto que entra a mi celular: «dale muévete ven muévete aagghhh».

Texto que sale de mi celular: «no puedo más cógelaaaaaaa».

Texto que entra a mi celular: «aaaaagggghhh toma».

¡Tenemos que irnos que se nos acaba el tiempo Talento! ¡Despídelos o te saco del aire! ¡Despide a los invitados ahoraaaaa! ¡No tenemos tiempo! *Master Control* grita. El Productor Ejecutivo grita. Tú gritas. Yo grito. ¡No hay tiempo Talento, nos vamooooooos! Todos gritan. La presión estalla. ¡Vamooooos despídete! «Si Dios contra ti...». *Five... four... three... two...* todos gritan.

Texto que sale de mi celular: «aaaaaahh aaaaahh aaaahhh».

Texto que entra a mi celular: aaaaaaaaaaagggggggggh».

¡Nos sacaron del aire! ¡Se acabó! Fin de la magia, regresamos al mundo real.

Texto que sale de mi celular: «continuamos?»

Texto que entra a mi celular: «seguro»

Open Season

Para A., pintor

Contigo aprendí que soy una inconforme en el amor. Una hijaeputa malagradecida que no agarra lo que le ofrecen, sino lo que quiere. Pero también aprendí que era muy tarde para cambiar y que en definitiva, siempre era mejor agarrar lo que uno quería con ganas que tomar por agradecimiento lo que te ofrecían y no querías. Era muy tarde para cambiar y para pensar tanto. Aquella noche ya tenía varios vinos en la sangre y algunos días desde la última vez que tuve sexo. Así que aquella noche se abría la temporada de caza. *Open Season*.

Ya habíamos caminado las otras galerías y estábamos parqueados en la puerta de la galería de L, conversando y bebiendo. Tú hacías lo mismo con una pareja de amigos, a unos metros. Conversabas y bebías mirando el culo de cuanta mujer te pasara por el lado. Eras uno de los pintores invitados a exponer esa noche en la muestra colectiva, pero todavía yo no sabía eso, solo sabía que te veías bien sexi. Alguien gritó que era hora de las fotos y un grupo entró atropelladamente a la galería, entre ellos tú. Curiosa te seguí y vi cómo te ubicabas entre los demás pintores, de frente a cámara, posando para la foto de la prensa: te reías y escondías el vaso con vino. *Flash*. «¡Otra más!», gritó la misma voz y todos se reacomodaron. Unos segundos y terminó el suplicio. Pasaste por mi lado sosteniéndome la vista. Te reías. Así que te llamé para mi grupo y viniste caminando con esa guapería cubana de todos los machos cuando se sienten observados. Comenzó el ataque. Mi amiga flirteaba contigo, pero yo te encañoné y te maté sin perder tiempo. *Open Season*.

«¿Pa' dónde vamos?». Dijiste mirándome de arriba abajo. «¡Pa' donde tú quieras!», y nos fuimos rumbo desconocido. Te reías nervioso, mirándome, porque estabas muy nervioso como me confesaste meses después. Motel de la Calle 8. Por suerte no te metiste en uno de mala muerte, sucio y desbaratado, de esos que matan las ganas. Pusiste música para poner romántico el ambiente, pero con todo el vino que yo tenía, me daba lo mismo la Orquesta Aragón en vivo que la Sinfónica Nacional tocando sobre la cama. Seguí de largo con el detalle musical, solo te miraba imaginándome lo que vendría a continuación. Despacio, te sacaste el saco, la corbata y te sentaste junto a mí.

Besabas muy bien. No sé cuánto tiempo estuvimos besándonos porque besabas muy bien y me gustaba. Me calentabas con tu boca. Como una coreografía me calentabas con tu boca y ya me tenías a punto de ebullición. Me mirabas desnuda mientras te desnudabas. «¡Tócate!», me dijiste como si fueras mi dueño. «¡Tócate!» Y me llevaste la mano hasta mi clítoris, mirando mi vagina adentro. «¡Tócate!», y primero los muslos, los labios, el clítoris, mientras te desnudabas. Yo me tocaba y tú mirabas. «¡Tócate más!». Volviste a ordenarme mientras apretabas mis pezones. «¡Ven, métemela!», susurré mirando fijo tu pinga donde descubrí una perla. ¿Una perla? ¡Una perla! Nunca había visto una perla real en la pinga, pensé. «¡Ven, métemela!», imploré. «¡No, todavía, sigue tocándote!». Y me mirabas por los espejos mientras me tocaba, me mirabas. Pusiste tu boca donde quiera que mi mano tocara y seguimos ese juego mano-lengua-espejos-miradas. Arrodillado, tus dos manos aferradas a mis nalgas. Mano-lengua-espejos-miradas. Tu teléfono comenzó a sonar. «¡Olvídalo!», dijiste, pero seguía sonando. Furioso lo pusiste en silencio. Volviste a tu posición. Mano-lengua-espejos-miradas. Arrodillado y tu boca donde quiera que mi mano tocara. «¡Me voy a venir!», te grité. «¡Ahora sí voy a metértela!». Y me la metiste sin perdón. *Open Season*.

Nos tocaron a la puerta. No querías parar, ya estábamos deshidratados y no querías parar. Pero seguían tocándonos a la puerta. Furioso y desnudo, negociaste con la puerta entreabierta, mientras yo me dejaba llevar lánguida y cansada sobre la cama. «¡Tengo que fumar!». Devoraste un cigarro en chupadas largas. «¡Esa mujer no para de llamar!». Estabas furioso, hablando con los dientes entrecerrados. «¿Qué mujer?», logré preguntar. «¡Mi esposa!». Me dijiste y te reíste. «¡No hemos terminado!». Yo estaba petrificada. «¿Tu esposa?». «¡No te preocupes que ahorita se cansa!». Pero yo ya no podía. «¡No puedo!» Me miraste sorprendido. «¡No puedo!» Te acostaste junto a mí, me abrazaste y me besaste. «¡Ese matrimonio ya no funciona!». Lo mismo que decían todos. Me besaste. Querías usar hasta el último *penny* del tiempo extra que habías pagado.

A pesar de tu esposa, seguimos viéndonos. Conectábamos demasiado bien en la cama, aunque en todo lo demás éramos completamente diferentes. Tus opiniones retrógradas me hacían dudar de tu talento artístico. Me avergonzabas y no quería que mis amigos te conocieran. Eras mi amante secreto. Conectábamos demasiado en la cama. Me llamabas a cualquier hora y decías que querías verme. Me recogías para llevarme al mismo motel. Así durante meses. Un día todo cambió. «Ven pa' mi casa, vamos a vernos aquí». «¿Y tu esposa?». «Se fue, nos estamos divorciando». Y me agarraste de sorpresa. Efectivamente se había ido llevándose casi todos los muebles y tú estabas como un pájaro abandonado sentado en el sofá, tomando cervezas, escuchando música y esperándome.

La cerveza hacía su efecto. «¡Tú me gustas cantidad!», confesaste. «¿Y qué hacemos?». «¡Nada!». Lo dijiste con rabia, pero desembocaste un discurso de reproches. «Tú me maltratas, no me haces caso, me frenas y yo soy un romántico. Yo quiero estar contigo en serio, tener un hijo tuyo, pero tú me frenas. Ahora mismo estoy solo y ya puedo estar contigo, mira todo lo que tengo: casa, trabajo, dinero...». Y seguiste sin respiro reprochándome. Me dio lástima verte ahí, pero no podía aceptar lo que me ofrecías. No podía. Solo eras mi amante secreto cazado en *Open Season*. Nada serio, un *toy boy* como les decía a mis amigos. No podía. «¡No lo jodas, si todo está bien!», te dije. «¡Así estamos bien!». Encendiste un cigarro, sentí tu dolor, pero no podía. «¿Viste mi último cuadro?». Pero yo no podía. Pero te dejé enseñarme el cuadro para que apaciguaras tu dolor.

En ese mismo instante comprendí que soy una inconforme en el amor. Una hijaeputa malagradecida que no agarra lo que le ofrecen, sino lo que quiere, y que era muy tarde para cambiar porque en definitiva siempre era mejor agarrar lo que uno quería con ganas que tomar por agradecimiento lo que te ofrecían y no querías. No podía. Y manejando para mi casa pensaba en ti, en tu ofrecimiento, pero no podía. Me partías el alma, pero no podía. Soy una inconforme en el amor y ya era muy tarde para cambiarlo. No podía. Afuera la madrugada se enfriaba y yo pensaba en ti, lo jodiste. No podía, lo jodiste. *Closed Season*.

Locuras de viernes

¿Apareciste o te invento? No sé, todo puede suceder en esta locura de viernes, así que por si acaso me pellizco - para algunos puede ser una prueba tangible de la realidad-. Pellizco y dos segundos después, compruebo que eres real, viniste por mí porque te lo pedí el miércoles, según me dices mirándome fijamente a los ojos, sentado en tu sillón de madera y con un tabaco enorme en la boca que incita a arrancártelo a dentelladas. Te creo porque el viernes es propicio para creerlo todo. ¿Adónde vamos? El grupo ya llegó a un veredicto: a lo de I. Te miro y solo mi lengua, en cámara lenta acariciando mis labios secos mientras miro los tuyos, me delata. «¡Sígueme!», te ordeno.

Me sigues Calle 8 arriba en esa camioneta que anticipa tus genitales, frenos, velocidad, freno, acelero, y tú detrás de mí, policía nocturno, vigilante de mis carnes que ansiosas piden a gritos ser liberadas por esos dedos que aguantan tu tabaco. Llego, llegas, llego desorientada, alterada, excitada porque por el camino Aerosmith a todo grito no logró entretener mis fantasías que a estas horas me pican en la garganta. I nos espera con sus helados muy propicios para enfriar los demonios que luchan por romper las jaulas de mi vientre y poseerte. Te paso un vaso de papel lleno de buen vino español, solo es el comienzo porque después seguimos con cualquiera: argentino, californiano, italiano...

141

lo importante es que la uva desinhiba todo lo que pueda no estar desinhibido, todavía.

La T arma sus cacharros musicales y canta, en su bruma etílica repite las canciones y nosotros nos descojonamos de la risa, cerca de ella su amante duerme escondido tras una columna. Dos canciones más para allá y me revuelves las hormonas con tus manos, discreto, mientras todos gritan el estribillo y tu jerigonza cubanogringa hace estampidas en mi estómago. Quiero lanzarte y violarte sobre el sofá, pero me contengo, regreso en un segundo de puta a doncella e intento coordinar acciones: rellenarvasoconvino-iralbaño-tararearlacanción-olvídatedesubocaporunsegundo-por-favor. Mirándome al espejo del baño y retocando el maquillaje, me doy cuenta que nada se aplaca. Pregunta: ¿por fin a cuánto se evapora el agua? Porque me siento gota, sudor, secreción vaginal.

La noche no termina y me impacienta la hora de los deseos, la locura de este viernes se maximiza. Finalmente créditos finales. La T recoge sus cacharros musicales, la I bosteza y apura a L, C le sigue la rima a la damisela ¿encantadora?, el J se reporta por texto sufriendo desde el bar mitzav del hijo de un amigo, tú y yo solo queremos bebernos, masticarnos, destrozarnos como los dos únicos animales sobrevivientes en esta cadena alimentaria. Despedidas, besos y tu mirada me quema el tatuaje a lengüetazos limpios. Todos se marchan y el parqueo vacío, cuerpo contra cuerpo entre nuestros carros y los besos enloquecen hasta subir mi vestido, fricción, caricias, me disparo, *blackout* y gozo mis dos segundos desde la estratosfera antes de aterrizar nuevamente haciendo malabares en tu pinga, tu rígida pinga que pide otra oportunidad.

Second round, me raspo una rodilla, los asientos de los carros pueden ser mortales trampas para amantes desesperados. Enloquezco en espiral, te muerdo con conciencia, te quejas, me regañas, tranquilo que es solo un recuerdo como el raspón de mi rodilla. Este parqueo ya me sofoca, me queda restringido y necesito cuatro paredes, desnudez total, succionarte cada poro con calma-violencia-arrebato. ¿Qué hacemos para no apaciguarnos? ¿Para tu casa o para la mía? Inventas una excusa sencilla sobre la prohibición de tu cama, policía paranoide, así que para mi casa que en definitiva es locura de viernes.

Tras turbo carretera llegamos, la noche refresca, pero yo sigo ardiendo, me atormentas en inglés cuando mi vagina me provoca dislexias mentales. Curioso recorres cada centímetro de mis paredes, quieres descubrir quien está dentro de mí, esa que yo mantengo secuestrada en las profundidades abismales de mi corazón lleno de estrías, pero tú insistes en romper la femme fatal dura que le vendo a la chusma. Me dejo llevar, te entrego las llaves para que me desarmes, a estas alturas solo quiero chuparte la sangre, vampira de mí, sedienta de hecatombes. Pero me aguantas por la correa de las ganas y exclamas: «¡Necesito comer algo rápido, recuperarme!». A un millón de neuronas por segundo logro dilucidar conceptos, «¿Un sándwich?», y me miras agonizando, cualquier cosa antes de hincar los dientes en tu carne al dente -y ya ni sé si es una redundancia-. Devoras el sándwich con la misma pasión que minutos después arrancamos almohadas, edredones y me penetras contra la cabecera de mi cama, esta es la única sensación de cordura en esta locura de viernes donde grito mis cuerdas vocales para que el universo se entere que soy tu esclava esta madrugada.

Sobreviene la paz, tu pecho sudado es refugio a mi mente, y después de tantos siglos de oscurantismo sentimental, de sufrimientos y sanaciones, encuentro un oasis bajo tu cuello justo en el centro de tus dos tetillas, me recuesto, me embriago, me estremezco, intento salvaguardarme, pero es tarde, te probé elixir prohibido, caí en el abismo de tus brazos y me desbordé como hacía antaño, desobedeciendo los carteles de advertencia que llevabas en la cara. ¿Y ahora? No sé, quizás paciencia, esperar.

Amanece sábado, el murmullo de la carretera bajo mi balcón me regresa al mundo real y tú yaces lacio junto a mis curvas, pudiera ser una apacible mañana si no fuera por esa lanza en mi costado que insiste en crucificarme nuevamente. Me dejo llevar de nuevo en las espirales ascendentes de las ansias, tus manos agarran mis nalgas con el miedo de que puedan escapar en algún instante, penetrar, cierro mis ojos para arrastrarme en la embestida y siento que el mundo se me convierte en aquella fotografía azul que me encandiló de niña en una revista rusa. Tu olor nocturno que sale sábanas arriba me marea, inspiro y expiro, y todo se reduce al grito ancestral que sale de mi vagina. «Es tarde, tengo que irme», te escucho decir y recuerdo de un golpe mi nombre, mi fecha de nacimiento y dónde estamos. Un desayuno breve y tus dedos que no entienden de tranquilidad siguen las pautas de mis entrañas, me desordeno otra vez al mejor estilo de la matancera poetisa y me dejo indagar clítoris arriba. «Me secas», susurro, pero parece la última frase del condenado a muerte, segundos antes de dejarse caer en el abismo. «Se hace tarde, ¡me voy!».

Y te vas dejándome desordenada. La cura es una ducha fría que me purifique las ganas de destriparte, de masticarte despacio y de ahogarme los demonios desatados en la locura de viernes. La cura es una ducha que vuelve gaseoso tu recuerdo cuando mis poros se abren y ¡Ay de mí, solo pienso en tu pecho y esa tranquilidad protectora que me invadió!... locura de viernes... ¿locura de viernes? Ya ni sé, solo sé que con tu CPR me trajiste de vuelta ¿locura de viernes? Por lo pronto enciendo una vela junto a mis santos e imploro suave que se repitan las locuras de viernes entre tus dedos, entre tus piernas. Es la única manera de mantenerme mentalmente sana. Imploro y dejo la vela encendida.

Cita a ciegas

(Introducción)

Todo empezó como un chiste. Mi excesiva curiosidad me hizo seguirle el rastro a un anuncio en el cibersolar -de esos que aparecen en la columna de la derecha de tu muro-, y pensando que encontraría algo gracioso terminé registrándome en un *website* donde te prometían conocer a «hombres latinos sexis». Era una súper oferta gratis y tentadora para una cuarentona como yo. Me registré, llené un cuestionario de preguntas triviales, subí dos fotos: una con un escote muy generoso y otra donde me veía más seria, tipo no soy presa fácil. Después de una larga espera, pude acceder al dichoso sitio. Inmediatamente me empezaron a llegar solicitudes de hombres interesados en mí y sugerencias del «administrador» sobre hombres que pudieran interesarme.

Estuve alucinada mirando fotos y perfiles. La mayoría del tiempo revolcada de la risa porque no tenían nada de sexis. Otras veces sorprendida de ver tantos hombres solos y locos por tener una relación con cualquiera. Y por momentos asustada porque mis amigos al enterarse empezaron a regañarme: «¡Tú estás locaaa!... ¿No ves películas y noticias? ¡Esos sitios están llenos de asesinos, estafadores!... No des tus datos reales que te rastrean y te joden». Pero era tarde porque había respondido al cuestionario con la verdad y nada más que la verdad, y mis fotos eran reales, así que empecé a mirarlos a todos como si fueran el asesino del Zodiaco en una especie de paranoia virtual.

De los cientos y cientos de perfiles que chismeé, me quedé con una lista de diez posibles candidatos. Contacté a cuatro con un gracioso *email* que decía, más o menos: «Hola, estoy interesada en ti. ¿Quieres conocerme?», y debajo escribí un párrafo describiéndome, mientras cruzaba los dedos para que realmente fueran como estaban en sus fotos.

Amanecía, revisaba mi correo y era una locura: estaba lleno de montones de solicitudes, peticiones de amistad y mensajes. Un cubano, camionero cerca de Orlando, escribía: «Oeeeee cubana, qué linda eres. ¿Te quieres casar conmigo? ¿Qué haces de noche, Cucarachita?». Aquel otro de Hialeah me aseguraba: «A mí me encantan las tembas como tú porque son gozonas». Un gringo de Boca Ratón mandaba mensajes amorosos: «Hoy amanecí soñando contigo mi amiga hermosa...». Otros simplemente se ponían más agresivos y me hacían propuestas impensables, y algunos se ponían bravos porque no les contestaba sus mensajes.

Finalmente al tercer día de mi experiencia virtual y casi al borde de la extenuación-locura, recibí respuesta de uno de los cuatro que yo había contactado directamente. Hicimos varios intentos desesperados e infructuosos de hablar por el *chat* del sitio, pero yo tenía un alto nivel de privacidad por aquello de los *serial killers* que los amigos me habían pronosticado. Terminamos intercambiando correos electrónicos y chateando por Gmail. De pronto una cosa fue a otra: intercambiamos teléfonos, nos empezamos a textear, y nos citamos en el Starbucks más cercano, porque resulta que vivíamos en el mismo barrio. Cuando le conté a los socios, por poco me matan porque aseguraban que el susodicho me secuestraría, me mataría, me cortaría en pedazos, me comería como Hannibal, y algún día sería portada del periódico local.

Sudando frío le envié un texto: «Dicen mis amigos que eres un *serial killer* ¿será?». Rápido contestó, molesto: «¡Yo no soy ningún criminal!», y reforzaba el texto con caritas molestas y tristes. Yo temblaba diciéndome que definitivamente era un *serial killer*, porque si no lo fuera hubiera tirado el texto a mierda y se hubiera reído, si reaccionó así es porque es un *serial killer* y lo descubrí con mi pregunta, así que definitivamente estoy loca y me van a matar. No obstante mis temores, me fui decidida a mi cita para conocer al «hombre-latino-sexi-hombre-de-mi-vida». ¡O a morir en el intento!

Llegué al parqueo del Starbucks con más precauciones que un informante de la DEA. Mi socio J me monitoreaba por el celular y una socia experimentada me había dado instrucciones previas: «No te alejes de las personas, quédate donde haya mucho público, no vayas sola al baño, da un nombre falso, primero revisa el lugar». Yo sudaba y temblaba cuando entré al Starbucks pensando que seguro que me estaba mirando entrar, estudiándome detrás de los cristales para matarme como una mansa paloma. Ya casi iba a dar media vuelta y largarme aterrada cuando llamó a mi celular para decirme que estaba frente a mí. Efectivamente, delante de mi cara había un tipazo de 6.3 pies de estatura, trigueño de pelo y piel, súper musculoso...

hmmmm, que si aquello era un *serial killer*, ¡a mí que me destrocen! Dios, definitivamente estoy loca, pero, ¿y qué?

(Nudo)

Dos Starbucks café y tres horas más tarde el deseo entre nosotros tiene el tamaño del Empire State. Pregunta detalles de mi vida y yo adivino sus brazos a través de la camisa produciendo olas de calor en mi espalda, hablando compulsivamente para no ser descubierta. Habla sobre su padre y yo hipnotizada con sus piernas abiertas estilo *western macho man*, piernas que provocan tocarlas, pero aprieto el puño de impotencia para espantar el enganche a sus labios, a sentir sus muslos contra los míos. Traga su café a sorbos largos y yo trago saliva, café, deseo, porque lo veo tragarse mi escote con el rabillo del ojo. Alguien rompe la magia del momento saludándolo y mientras se levanta, calculo la masa muscular de sus nalgas para golpearlas desobedientes por ocultarse en ese *jean* que no deja espacio a mis dientes maquillados en porcelana. Regresa y se sienta a la altura exacta para que mis ojos desabotonen su camisa y respire su pecho. «¿Dónde nos quedamos?», dice. Tú no sé, yo estaba hundida entre tus tetillas sorbiendo la crema de tu café, esa que imagino rodó lasciva a propósito por tu cuello, pienso.

A esa hora ya había desconectado al Universo y solo seguía pendiente de sus comentarios sobre su trabajo y de sus ojos que se comen mis piernas que cambio de posición para que las saboree desde todos los ángulos. Mira la hora y yo miro automáticamente sus manos descifrando el misterio que se esconde detrás de la portañuela. Esas manos que me marean al imaginar el jugueteo con mis labios que a estas alturas ya no sabría definir si son charco, lago o tormenta. Igual aprieto fuerte mis muslos temiendo desbordarme. Los cafés terminan su misión y me sigue ardiendo la piel porque su mirada fija dibuja cada uno de mis poros sin pestañear, sin desvíos. «Tuve un divorcio traumático hace poco», sentencia y yo consoladora quiero acurrucarlo en mi ombligo para que sienta la tranquilidad de mi rapadito. «Tengo que irme», digo y él propone, como caballero, acompañarme al carro.

(Desenlace)

Llaves en mano, me besas en la boca, sin timidez, y fue la señal de salida para chuparnos sin reparos. «Entra a mi carro un momento, por favor», ordenas medio en súplica y disciplinada sigo tus nalgas, firmes, divinas, que se deshacen entre mis dientes. Dentro otra vez nos besamos sin control, labios, dientes, lengua, saliva, desespero, y tus manos, tal y como anticipé, buscan atrevidas mis labios. «No uso ropa interior», advierto al sentir la sorpresa en tus dedos y sin dejar de masticar tu boca. «Divino», contestas, y tus manos, tal y como anticipé, juguetean a profundizar entre mis labios que a esas alturas ya puedo definir que son tormenta, huracán, maremoto.

«¿Eres caballo grande?», pregunto, y rápido me disparas: «No hablo cubano, pero sé decir: si te cojo te mojo». Me río descaradamente enrojecida hasta el pelo, tú avergonzado recalcas: «Me lo enseñó un amigo, no sé lo que significa». «Es justamente lo que hacemos», respondo. Mi vestido trepa más allá de lo permitido públicamente una tarde de miércoles, pero tus manos se vuelven adictas a penetrarme. «Nos van a ver, van a llamar a la policía», advierto asustada, pero ni siquiera eso nos detiene para seguir manoseándonos, como llamas a ese acto impúdico de seguir mojando tus dedos en mis vísceras. «Vámonos de aquí», y nos vamos a vagar cuadras y cuadras dentro del carro, buscando un sitio para desatar estas ansias que calentamos con tu mano bajo mi vestido y con mi mano en tu *zipper* del *jean*.

Un parqueo medio vacío, unos árboles estratégicos y una calle camino a la nada, el sitio perfecto para finalmente dar con la hebilla de tu cinto y desanudarte el apetito. «*¡Oh my God!*», y nunca el inglés es tan efectivo para describir aquello desatado fuera del bóxer que me confirma lo de caballo grande. Me halas para el asiento trasero y recuerdo los preservativos en mi cartera en el maletero de mi carro. «¿Y ahora?», imploro mentalmente a la Santa Virgen de Todos los Orgasmos que no me abandone, «Yo tengo, tranquila», y la Virgen implorada no me abandona.

Te dejo hacer tu acto de prestidigitación con el condón, porque eso de estirar el látex al máximo para ponértelo en aquello no es física común y ya yo tengo bastante con dilatar superlativamente mi anatomía para recibirte. «Ven, súbete», y tus manos agarran mis nalgas alzándome, convirtiendo esto en un *roller coaster* de vértigo en medio metro cuadrado. «Viene gente», grité, pero no paro, es imposible parar cuando tu glande me acaricia la garganta desde el útero. Nos miramos asustados, más por la inminencia del *coitus interruptus* que por la indiscreción ajena. «¡Están aquí!», y salgo lanzada al asiento de al lado justo cuando el orgasmo revienta mis huesos. Afuera, tres mujeres que pasan de largo, adentro dos alientos incontrolables.

Tu mano me recupera del exilio involuntario y me trae de vuelta sobre ti, pero al tocarme, aceleras tu eyaculación que detona como un *sprinkler* recién conectado. Intentamos recuperar la calma, uno junto al otro, sudados, extenuados. «Por algún lugar tengo una toallita», y solo atino a pasar mi índice por tu brazo, siguiendo el tramo de venas alteradas. «Yemayá, ¿qué es esto?», pero la sangre solo fluye hacia mi vagina y tengo el cerebro en blanco. Miras la hora, «Tienes que irte», ¿tengo que irme? Recuerdo vagamente que sí, tengo que irme. «Esto no se queda así», advierto. Me sonríes cómplice.

Regresamos al Starbucks, me besas y nuevamente es como si dieran la señal de salida para chuparnos con ansias. «¿Empezamos otra vez?». «¡No, tienes que irte!». Por lo menos alguno de los dos mantiene algo de raciocinio. Me monto en mi carro y salgo a hundirme en el tráfico. Me toco recordando tus manos adictas a mis profundidades húmedas y Deff Leppard me mantiene alerta evitando un accidente. Un mensaje tuyo: «me encantó conocerte», otro: «la próxima tiene que ser en un lugar tranquilo». Cuatro horas después te lo confirmo por texto: «estoy desnuda en mi cama», y tú: «solo pienso en ti». Me envías una foto que se demora en descargar, es que el contenido es demasiado grande.

Te huelo, te toco, te siento: «hmmmm que rico», escribo, y por algún milagro la sangre fluye a borbotones a mi vagina, tengo cerebro en blanco y empezamos otra vez, en este mi lugar tranquilo que empieza en la punta de mis dedos, los míos, que también son adictos a mis húmedas profundidades. Yemayá, ¿qué es esto?

La penúltima travesura

Era la segunda Heineken que me tomaba cuando te vi salir de la piscina. Mojado, con las goticas clorificadas resbalando por tu espalda, brillando sobre tu tatuaje. Por poco no vengo al cumpleaños de mi amiga, estuve así de cerca de no venir, pero ahora mirando tu cuerpo musculoso y mojado, con esos shorts enormes para la playa que permiten imaginar cualquier monstruo por allá abajo, respiré profundo y pensé que quizás valió la pena venir. Te volteaste, vi tus otros dos tatuajes y supe que irremediablemente tenía que probar con mi lengua la tinta de esos dibujos sobre tu piel. Salivaba. Involuntariamente me mordí el labio inferior mientras miraba fijo tu abdomen plano, perfectamente plano. Calculé tu edad: ¿dieciocho, diecinueve? «¡Yemayá, que sean veintiuno para no entrar en ilegalidades por gusto!». Tragué de un tirón el último sorbo de mi Heineken y saqué mi cámara. Me gusta atesorar imágenes que después puedan aplacar los recuerdos en mi vagina. Te fotografié de espaldas, mojado, con tu *mohawk* intacto por obra y gracia de algún gel para pelo. Le pregunté curiosa por ti a mi amiga cumpleañera. «Es un compañero de trabajo de mi nuevo amigo. Vino solo. ¿Quieres que te lo presente?». Definitivamente nosotras las mujeres tenemos ese sentido para olfatear la llamada del sexo. Mi amiga, diligente, enseguida hizo una presentación muy casual: «Ven para presentarte a mi amiga, que quiere conocerte». Y te trajo, mojadito y brindándome una cerveza. Yo te observaba imperturbable porque durante años aprendí a calcular a los hombres con una máscara china sin sentimientos, como me enseñó mi maestro de Negociaciones. Hablamos de tatuajes, de *piercings* cuando descubrí que tenías uno en la lengua. Hmmmm pensé, hora de atacar porque el tiempo pasa y tengo que irme temprano a otro compromiso. «Nunca he estado con un hombre con un *piercing* en la lengua», te dije mientras tragaba mi sorbo de Heineken saboreando la boca de la botella sin importarme las semejanzas ni las puras coincidencias. Ya había llegado al punto donde no se necesitan advertencias sobre posibles contenidos adultos. Te reíste descarado y me encantaba que fueras cubano, así las insinuaciones no había que explicarlas constantemente.

«¿Qué edad tienes?», me preguntaste. Te miré fijo a los ojos y te dije bajito: «La suficiente para ser tu madre, pero tranquilo que no lo soy». Y volviste a reír descaradamente. Yo miraba tus labios mojados por la cerveza, veía como tragabas y saboreabas el sabor amargo de la levadura en tu lengua, como te corrían las goticas de agua por tu abdomen perfectamente plano y sentía que estaba abandonada sobre el cráter de un volcán activo en pleno sábado de julio. Sudaba por todas partes, por las descubiertas y las escondidas, las más profundas. Sudaba imaginando tu cuerpo bajo mí, *woman on top* de puro vicio. «¡Ay Yemayá bendita, que estos cuerpos debieran estar encerrados para que no vayan por ahí provocando a las madres solteras de salud frágil como la mía!». Y recordaba que mi madre nunca tenía más razón que cuando exclamaba: «Juventud, divino tesoro». Sudaba y te imaginaba desnudo dándome pinga, porque yo sabía de primera mano que a los muchachos de veintipocos años les encanta dar pinga, dar pinga, dar pinga, como maltratadores.

Tenía que irme. Ya habíamos cantado el *happy birthday*, ya tenía varias cervezas arriba y por delante un compromiso no cancelable. «¡Ay Yemayá, tú haces cada cosa!». Suspiraba. Tenía que irme. Miré la hora. Tenía que irme hace una hora y media, pero seguía pegada como con «*creisi glú*» a aquella silla plástica, mirando tus labios mojados hablar de cualquier mierda. ¡Dioooos, tu boca! Como para besarte sin control, morderte esos labios, masticarte esa boca, chuparte esa lengua, meterte la mía hasta la garganta y tomarme tu saliva como una perra sedienta en el desierto. Tenía que irme. Me levanté remaldiciendo los compromisos, los amigos que me esperaban, la noche perdida lejos de tu cuerpo mojado, de tu abdomen perfectamente plano, de tu boca abierta tragando cerveza. Pero tenía que irme. Fui corriendo hasta mi carro, busqué una tarjeta y regresé a besarte de despedida en la puerta. «Aquí tienes mi celular, llámame». Te dije y te reíste descaradamente.

Había roto mi propio record en velocidad: salir de la fiesta, manejar apurada diez millas hasta la casa, bañarme, maquillarme, entaconarme, montarme en el carro y manejar veinte millas más hasta la galería, todo en cuarenta y cinco minutos. Llegué con el pelo mojado de la ducha, aturdida y saludando a los amigos, que esa noche había demasiados. Conversaba con todos, me reía, hacía fotos, tomaba mucha agua porque la Heineken ya estaba haciendo sus estragos y solo pensaba en tu cuerpo desnudo y mojado, tus tres tatuajes y el *piercing* en tu lengua. Te tenía clavado en mi cabeza, haciendo gestos lascivos para que besara tu boca abierta, reventándome la lujuria en números infinitos. Y la intranquilidad de tenerte desnudo en mi cabeza me tenía de un lado a otro de la galería.

Un amigo, ex amante, me acosaba, quería un reencuentro a oscuras y encendidos, y yo me desprendía protocolarmente de sus ansias. Otro llegaba y me presentaba unas personas de las que no recuerdo ni su nombre, aunque conversamos por un buen rato. Aquel se metía conmigo lanzándome piropos y la mujer del pintor le hacía bromas a costa de su deseo por poseerme. Creábamos juegos de palabras con el chorizo en salsa cortado en rodajas o entero. Risas escandalosas. La sangría de frutas repletas de alcohol hacía lo suyo entre los visitantes. Una foto largamente esperada porque el fotógrafo improvisado no sabía dónde meter el dedo y nos tuvo buen rato de pie, inmóviles, mirando al lente como idiotas. Unos amigos sin años de vernos. Recuerdos, preguntas, actualizaciones. Afuera una cantante entonaba canciones diversas, una tras otra. Y yo seguía con mi intranquilidad sin poder concentrarme, porque tú seguías ahí, clavado en mi cabeza, desnudo, con tu abdomen perfectamente plano, tus tres tatuajes y tu *piercing* en la lengua.

Hora de cerrar. Mi ex amante insiste en ir a una sala de teatro cercana donde anunciaron una descarga de poesía, canciones y tertulia. Me dejo arrastrar en una aventura que no me apetece con tal de no pensar en tu boca abierta, tragando sorbos grandes de cerveza y tus labios moviéndose bajo mis ojos hipnotizados. Teatro vacío, cerrado, todo terminó. Breve tertulia en el parqueo con unos queridísimos amigos que nos siguieron con la esperanza de continuar la noche con nosotros. Y yo no logro vestirte, ni siquiera secarte, y ya temo que te enfermes si sigues así desnudo clavado en mi cabeza con esta humedad que presagia un fresco sereno, como decía mi abuela. Mi lengua está seca de tanto que he lamido tus tatuajes, uno a uno, los tres a la vez, con tu *piercing* en mi boca, en mi clítoris, en mi boca, en mi clítoris. Mi lengua está seca y no logro sacarte de mi cabeza, maldito muchacho de veintipocos años con tres tatuajes y un *piercing* en la lengua.

Dejo a mi ex amante de regreso en su carro. Antes de bajarse hace un último intento por convencerme que la noche será más animada a su lado. Me besa con deseo y yo respondo a medias. Protesta: «¿Por qué eres tan mala conmigo?». Lo tranquilizo prometiéndole futuros encuentros. Se despide y arranco a toda velocidad. *Expressway* arriba y el aire de la noche me alivia la calentura. Un poco. De pronto te veo nuevamente debajo de mí, desnudo y mojado. Eric Clapton no coopera con su guitarra: «*I say, my darling you were wonderful tonight...*». Llamo a mi amiga cumpleañera: «¿Cómo terminó todo?». «No ha terminado», afirma. «Aquí estamos todavía en la piscina, tomando cervezas y bailando *belly dance*. Y está todavía el muchachito que te gustó». No lo pienso. «¡Pues pa'llá voy!», le digo. Otra vez rompo récord de velocidad y entro al parqueo de su casa chillando gomas. Aquello era un cuadro del viejo Chagall. Todos en ropa de playa, mojados, semiborrachos, una muchacha vestida de bailarina de *belly dance* bailando, tú mareado sobre un enorme salvavidas en el centro de la piscina, yo en tacones que retaban la gravedad, maquillada y ansiosa. «¡Ay Yemayá!».

Cerveza va y viene. Conversaciones banales. Logras recuperarte. Ya es tarde y empiezan las despedidas. Disimulo, me hago la atrasada y te atrapo. «¡Sígueme!», ordeno montándome en mi carro. Calles oscuras, vueltas sin control, un parqueo vacío. Tú en mi carro, mojado, medio desnudo, asiento posterior y finalmente sé lo que es tener tu *piercing* en la lengua dándole sin parar a mi clítoris. Sin parar hasta hacerme daño porque definitivamente un experimentado de cuarenta años sabría usarlo con más arte, pero igual no conozco a ninguno de cuarenta con *piercing* en la lengua. Así que recuerdo a mi madre que dice que a un gustazo, un trancazo. Y ahí te tengo, gustazo de veintipocos años, con tres tatuajes y un *piercing* en la lengua.

Ahí te tengo, finalmente bajo mí, *woman on top* de puro vicio. Recostado sobre el asiento posterior de mi carro, con mi clítoris dañado, con tu pinga clavada en mi vagina a punto de afectarme el cuello uterino, tu lengua descontrolada en mi boca y mi cintura logrando romper la incomodidad del espacio diminuto con más movimientos que los permitidos por la edad.

¡Aquí te tengo! ¿Y quién dijo que veintipocos años son nada? Quien lo dijo no te tuvo desnudo y mojado, con tu abdomen perfectamente plano, tus tres tatuajes y tu *piercing* en la lengua, a la una de la mañana, una noche de un sábado demasiado ocupado, reventándose en un orgasmo sobre ti. ¡Ay, Yemayá bendita!

El hombre de mi vida

Para A.S., saxofonista

Te veo. Dondequiera que miro, te veo. Parado frente a mí, fumando. Yo acostada al descuido en aquella cama de hotel. Tú parado frente a mí, fumando. Te veo. Conversando sin parar los dos. Una vela roja crea sombras-luz en las paredes y los espejos. Dos vasos con vino. Y yo loca por comerte la boca. Pero conversamos sin parar y mi deseo crece.

Te siento. Dondequiera que estoy, te siento. Tus manos encremadas acariciándome los muslos, metiéndose por ahí para adentro. Encremadas metiéndose, acariciándome. Yo bocabajo y tú sentado sobre mí. Y tu respiración. Te siento. Sentado sobre mí, tu respiración y tu pinga contra mis nalgas. Tu pinga demasiado parada. Te siento. Y otra vez me vuelvo loca por comerte la boca.

«Verás que al final resultarás siendo el hombre de mi vida». Algo así te dije cuando me abriste la puerta de aquel cuarto de hotel. Tus ojos palidecieron mientras te besaba de saludo y entraba como un tornado. Tuve que explicarte. Me conociste cansada, casi sin maquillaje, vestida sin deseos y después de la segunda cita nada había variado. Incluso mi pelo ya mostraba el deterioro de la playa y el no retoque del tinte. Llevaba varios días a toda mecha, con mis amigas de vacaciones parando en mi casa, durmiendo poco y mal, bebiendo mucho y demasiada playa.

Cuando me conociste, solo viste mis ojos en la penumbra del lugar donde tocabas. Ya me habías confesado por texto. Mis ojos que según tú te miraban fijamente, con la intensidad de «Te quiero ahora mismo». Mis ojos cansados, pero intensos, que seguían tus ejecuciones al saxo de la misma manera que miraba a los demás músicos. Me hiciste una seña desde tu esquina del escenario, como sorprendido y rogando que te dejara en paz. Me causó gracia. Porque estaba cansada esa noche y realmente no quería flirtear, mucho menos buscar una aventura. «Me desconcertaste», seguiste confesándome por texto. Me hizo gracia porque esa noche te miraba de la misma manera que miraba a los demás músicos. Incluso, repito, ni quería ir a ese sitio porque mi cuerpo pedía a gritos descansar. Pero me mirabas y yo te miraba en tu rincón lejano, ejecutando lo tuyo con el saxo. Me mirabas y solo veías mis ojos porque me confesaste que ni siquiera recordabas cómo era mi cuerpo. Solo mi mirada intensa que pedía a gritos poseerte. Eso me dijiste por texto. De salida, viniste hasta mí muy decidido. Te presentaste alargándome una mano muy formal y me pediste mi número de teléfono. Mis amigas se sorprendieron. Intercambiamos teléfonos y salí. Al rato, durante las despedidas, volví a verte. Parqueando y bajándote del carro. Nos aguantamos las miradas y seguiste de largo perdiéndote por un *alley*. Te vi, porque desde aquella noche siempre te veo.

«Verás que al final resultarás siendo el hombre de mi vida». Y nunca he pensado más en Abuela Yuya que cuando pienso en ti. Abuela Yuya siempre se reía cuando me retocaba el maquillaje antes de irme de su casa. «Por si hay una cámara en la esquina». Yo le decía y ella se reía, se reía. «Tengo que estar siempre lista por si me encuentro al hombre de mi vida», le reafirmaba cuando ella seguía riéndose al verme muy concentrada pintándome los labios en un «vanité» viejo que iba conmigo a todos lados. «Es que la Tania me enseñó a no andar por la vida con una cara en blanconegro y nunca he dejado la costumbre». Seguía reafirmándole y ella se reía, se reía. Una tarde nos pusimos a hablar sobre el hombre de mi vida. Abuela Yuya como siempre preguntaba inquisitiva, opinaba sin censura y se reía abanicándose cuando alguien no acostumbrado a sus maneras se «cortaba» de la sorpresa por esa vieja negra tan preguntona. Pero como yo la conocía muy bien y la amaba demasiado, dejaba que preguntara y opinara lo que quisiera. Aquella tarde de pronto me soltó: «¡Estás equivocada! El hombre de tu vida tiene que conocerte sin maquillaje. Cuando un hombre te conoce fea y desarreglá, y se enamora de todas maneras, entonces ese es el hombre de tu vida». Y desde esa tarde le tomé la palabra, pero hasta ahora ninguno me había pedido una cita después de conocerme fea y desarreglá hasta que apareciste tú, detrás de mi mirada que, según tú, era demasiado intensa.

Te veo y te siento. Dondequiera que miro y estoy, te veo y te siento. Al día siguiente mientras estaba navegando Mayami en el barco de un amigo, te saludé y no nos desconectamos hasta casi las tres de la madrugada. Mis amigas se molestaron por el déficit de atención y a mí me dolían los pulgares. Pero no parábamos. Texteando, texteando. Hablamos de todo. De nosotros, de música, de libros, de nosotros. Me brindaste un buen masaje para mi cansancio, una copa de vino y el mejor de los sexos que me hayan hecho jamás. Aseguraste y me dio gracia. Seguimos texteando. Así durante tres días seguidos y al tercero, todavía enganchados sin parar, te propuse vernos esa misma noche. Te agarré de sorpresa, pero me pediste tiempo para organizarlo todo. Tenías un ensayo tarde, pero escribiste que mantenías tu oferta: un buen masaje para mi cansancio, una copa de vino y esa noche el mejor de los sexos que me hayan hecho jamás en mi vida. Agregaste. Solo necesitabas organizarlo todo. Y finalmente nos vimos después de sufrir tú en un ensayo que nunca acababa, según comentaste.

Nos vimos tarde. En un cuarto de hotel, con dos vasos de vino, una vela roja encendida y tus manos encremadas listas para darme el masaje. Eso después de conversar sin parar por casi tres horas, tú parado frente a mí, fumando, y yo acostada al descuido en aquella cama de hotel. Te pregunté de todo, curiosidad femenina, hasta sacarte de quicio. Estabas saliendo de una «relación difícil y traumática», como la etiquetaste, pero al escucharte supe que no estabas curado y me persigné en silencio, porque sabía que entraba en zona prohibida de la cual podría no salir viva. Pero no obstante, me arriesgué. «Es mi riesgo, mi decisión y quiero asumirla», afirmé cuando reclamaste como un niño con perreta después de la noche intensa juntos. Me arriesgué y me dejé llevar por tus manos encremadas que me acariciaban los muslos, metiéndose por ahí para adentro. Yo bocabajo y tú sentado sobre mí, tu respiración y tu pinga contra mis nalgas. Tu pinga demasiado parada que al penetrarme reventaba en miles de pedazos tal y como hubiera sucedido en el Big Bang, y que encendía una luz de alerta en mi cerebro para avisarme que habíamos acoplado tan bien que ya no saldría viva.

Te veo y te siento. Dondequiera que miro y estoy, te veo y te siento. Siento tu sabor entrando por mi piel. Te huelo mientras intento dormir en mi cama sola, pensándote. Dondequiera que estoy te veo, te siento, te saboreo y te huelo. Sin cerrar los ojos, sin concentrarme mucho, siento tu pinga demasiado dura. Tus manos encremadas acariciándome. «No quiero engancharme a nada, pero tampoco quiero desprenderme de nada», me dijiste y fuimos claros. «Es mi riesgo, mi decisión y quiero asumirla», te dije mientras me volvía loca por comerte la boca. Tu boca en mis tetas, en mi clítoris, en mis labios, sorbiendo mis humedades. Volviéndome loca. Dondequiera que estoy tengo tu boca recorriendo mi piel milímetro a milímetro, y me tienes suspendida sobre el abismo a merced de tus manos encremadas y no me importa resbalar si puedo seguir teniendo tus manos encremadas acariciándome los muslos, metiéndose por ahí para adentro.

Te veo, te siento, te saboreo y te huelo, pero no lloro. Simplemente me recojo. No lloro porque es mi riesgo, mi decisión y la asumí. Espero porque siempre me buscas, porque siempre enciendes la vela roja, encremas tus manos y me ofreces un vino en la misma cama de hotel. Dondequiera que estoy, siempre me buscas. Espero y tengo la certeza de que yo sí estoy curada y de que existen, de que allá afuera existen. Estoy curada y sé lo que quiero, aunque ahora sé que no eres el hombre de mi vida por mucho que siempre me busques. Ahora sé que muchos pueden ser el hombre de mi vida. Como ese que conocí hoy en un ranchito, frente al árbol milagroso y de cara al Meera Moon Lake. Otro hombre brillante, sin manos encremadas, sin vela roja encendida, sin siquiera una cama de hotel donde pudiéramos estar los dos desnudos, pero brillante como tú y que también lo veo, lo siento, lo saboreo y lo huelo, donde quiera que estoy. Otro hombre que simplemente conocí y que simplemente pudiera ser también el hombre de mi vida. Otro hombre del que escuché sus poemas, sus canciones locas y su risa, y me sumergí en el profundo dolor de sus ojos. Simplemente lo conocí. Estoy curada y sé lo que quiero. No lloro, he perdido muchos hombres, quizás de mi vida, y sé que aunque siempre me buscas, puedo perderte para siempre. No lloro porque sé que afuera existen. Pero es mi riesgo, mi decisión y la asumí.

Apretaditos

A J.M.M., escritor

I Parte- Me estaba bañando y el agua caliente sacaba tu olor de mi cuerpo. Tu olor revolcado en mi epidermis después de una madrugada apretaditos, como dices. Metidos uno dentro del otro mientras allá afuera se acaba el mundo. «¡Apriétame!», ordenabas con sutileza y yo apretaba tus nalgas, tus hombros contra mí, clavándome en tu profundo. «¡Apriétame!». Y aprieto mi clítoris contra el chorro caliente que cae mientras mi piel perpetúa tus besos con barba recién afeitada, esos que ahora hacen que arda todo, y lo digo literalmente. Besos en numeración infinita porque fueron demasiados, ¿o fue solo la ilusión óptica de tu lengua lamiendo lo que hallaba en su mirilla? Tu lengua intranquila que no censura ni escrupuliza.

Siento tu lengua y los vapores del agua caliente me marean en tu olor. Mis dedos se pierden vagina adentro en un intento de reproducir tu pinga friccionando algún punto por allá dentro, que a estas alturas me da lo mismo cómo se llame. El agua corre tetas abajo como corrían tus ojos que no paraban de mirarme, las tetas. De la misma manera que las mirabas cuando me conociste, sin censura y con descaro. Confieso que me avisaste que ibas a mirarme y a mirarme cuando me tuvieras apretadita, pero como me avisaste de tanto, ya no te creía. «¡Hmmm!», solo contestaba a tus avisos. Tus ojos que no pararon de mirar y tus manos que eran la extensión de tus ojos tocando todo lo que miraban, esa madrugada bajo aguacero torrencial y fuerte viento, con el mundo acabándose allá afuera.

Ahora bajo el chorro fuerte de mi ducha reproduzco la madrugada en la punta de mis dedos mientras tu olor sale, sale. Y con el orgasmo fundido en mi mano-agua-caliente-sacando-tu-olor te veo mirándome con tus ojos inquisitivos y curiosos. Fuiste el primero que vi al bajarme del carro. Solo, vigilante y barbudo, en el portal de N. Miradas cruzadas. Entré como un tornado, dueña de todo, como suelo entrar a todos lados, y sé que tus ojos siguieron mis nalgas de la misma manera que escrutaron mis tetas cuando caminé hacia ti, hacia ustedes porque eran ya un grupo en el portal. Después de las presentaciones tardías intentaste no despegarte de mí bajo cualquier pretexto. Atento, conversador por momentos, sonriente y mirándome, mirándome como si fuera lo único que valiera en ese preciso instante. Mirándome de la misma manera inquisitiva y curiosa como me miraste cuando desnudo de un tirón empezaste a besarme con tu barba recién afeitada. «Lo que hace un hombre por tener a una mujer», pensé mientras miraba tu barba recién afeitada después de que declarara públicamente que era alérgica al pelo de los animales y que no me gustaban las barbas, eran *old fashion*. Te afeitaste y te desnudaste de un tirón sobre la cama con una cerveza en la mano. Ansioso por besarme, por tocarme, por penetrarme y saciar tu insaciabilidad, como llamas a ese gusto perenne por sexo.

La tarde avanzaba, aquella tarde de tertulia en el Ranchito, frente al árbol milagroso y al Meera Moon Lake a donde fuimos a expurgar nuestras malas vibraciones con el viento del sur que entraba a ráfagas rápidas y anunciaba la inminencia del huracán. Hasta ese momento todo fue miradas y roces casuales en la cocina, en la terraza, en cualquier rincón donde coincidieran nuestras anatomías. ¿Coincidencias? Pensemos que sí. Hasta ese momento todo fue leve, pero regresamos restaurados del lago y la noche caía como el telón de D, caía aprisa mientras se agotaban las cervezas, por lo menos las de mi gusto, y el cigarro mal enrollado pasaba de mano en mano, de boca en boca. La noche caía y tu deseo crecía sin control.

Una banqueta baja, mi culo provocando y tú detrás de mí intentando acariciarme a escondidas. «¡Hmmm!», te regañaba cada vez que tu mano descaradamente apretaba mi muslo, mi cintura, mi nalga. «¡Hmmm!», y te reías como un chiquillo travieso que sigue esperando la próxima oportunidad para repetir su jugarreta. La noche caía y tu deseo crecía. Luego vinieron en voz alta y para todos tus poemas- canciones eróticos. «Cochinos», aseguraba N, y me reía porque afirmaba que eras un cochino como yo. Dos cochinos. Tus poemas leídos-cantados con el apoyo en coro y percusión sobre silla de tu socio F. Tus poemas-canciones eróticas narrando templetas inmediatas o lejanas, pero que invariablemente te llevaban a mí cuando en cada verso me mirabas de soslayo. Cuando mirabas de soslayo mis tetas.

La noche caía y seguías mirando mis tetas. La noche caía y tu deseo crecía. El mismo que te hizo encerrarte a textear conmigo sin parar cuando, como Cenicienta, me monté en mi carro y me desaparecí en la oscuridad del monte aquel después de medianoche. Amaneciste texteándome, ansioso de sentirme. Todo el día texteándome. Contándome lo que hacían en el Ranchito, camino a la playa: está lloviendo, hice lentejas para todos. Seguiste texteándome hasta la noche. Precisabas verme, saber si eran ciertas las referencias que tenías de mí. Esas que hablaban de cochinadas como las de tus poemas, mis crónicas personales. Ese día pasaba cerca un huracán, a unas millas, pero las suficientes para que se inundara el pueblo con lluvias torrenciales y el fuerte viento del sur mantuviera desquiciados a los locos. La noche caía con el huracán cerca y me avisaste que irías a verme, pero como me avisaste de tanto, ya no te creía. «Estoy afuera, esperando instrucciones». ¿Cómo no recibir a un hombre recién afeitado que viene de madrugada bajo aguacero tormentoso y fuerte viento? Te abrí la puerta y te desnudaste de un tirón sobre la cama con una cerveza en la mano. Ansioso por besarme, por tocarme, por saciar tu insaciabilidad, como llamas a ese gusto perenne por sexo. Te abrí la puerta y te colaste tras tu mirada inquisitiva y curiosa que era el inicio de tus manos. De tus manos que todo lo tocaban.

Apretaditos. Desnudos. Tu barba recién afeitada me hacía arder todo, y lo digo literalmente, mientras maldecías el condón que te distraía y no te hacía sentirme al cien por ciento. Maldecías. Yo me reía de la repetición del mito de macho cubano. Pero tú seguías maldiciendo por el condón que te distraía. Apretaditos, besándonos sin parar, infinitamente, penetrados, tu lengua, mi lengua, batallando por las posiciones porque desnudos somos dominantes y posesivos. Batallando las posiciones. *Woman on top* y *Man on top*. Batallando apretaditos. Y tu pinga friccionando algún punto por allá dentro, que a estas alturas me da lo mismo cómo se llame, pero que me hacía desbordarme en orgasmos, mientras me mirabas hacer caras, gestos, como dijiste. Apretaditos. Toda la madrugada bajo aguacero torrencial y fuerte viento, con el mundo acabándose allá afuera. Apretaditos.

«¡Hmmm!». Y ahora pensándote el orgasmo se funde en mi mano-agua-caliente-sacando-tu-olor, mientras te veo mirándome con tus ojos inquisitivos y curiosos. Apretaditos. Te veo tras el chorro caliente de mi ducha que saca tu olor de mi cuerpo. Apretaditos. «¡Hmmm!». Pero finalmente calma, como toda lluvia que trae amaneceres de calma con tu partida, tu ausencia-partida que recuerda amaneceres, calma de lluvia. Duchas olvidadas y amaneceres, apretaditos antes calma, pero apretaditos ahora lluvia. No calma ahora en amaneceres de lluvia. Apretaditos porque amanecí con unas ganas latiendo intermitentes en mi clítoris. Anuncio del aguacero que se avecina y mojará mi piel como tus manos hace unas madrugadas atrás. ¿Por qué llueve y te deseo? No sé. Debe ser por la misma manera que conversamos y de pronto me sueltas: «¡Tengo ganas de meterte la pinga!», como si fueras un chiquillo con un anhelo inmediato, secreto, que te escalofría de ansiedad por momentos.

II Parte- Amanecí con unas ganas latiendo intermitentes en mi clítoris y toqué la cama vacía, con la esperanza de chocar con tu cuerpo. Era un buen día para amanecer con tu risa contagiosa sentenciando que soy graciosa, con tus brazos apretándome fuerte y tu pinga penetrándome mientras miras fijo a mis ojos, con la curiosidad sincera de sentirme. Tu voz del otro lado del celular me vuelve lacia y sensual. Imagino tus manos mientras me hablas, tus manos intranquilas que todo lo tocan buscando la inmediatez de mis carnes. Imagino tu boca sonriendo mientras me hablas, glotona por saborear a lengua mis poros, como si fuera el último acto sacramental del verano. Imagino tu cuerpo sobre el mío, sudando, pesado, y las ganas laten con más fuerza intermitentes en mi clítoris.

Afuera llueve con ganas como yo, como una buena venida celestial de esta mañana. Una buena venida que alguien provoca por allá arriba y envuelve de placer el cielo que nos lanza su líquido seminal a la cara. Y de tanto imaginarte me vuelvo anti poeta como tú, «insulto a la poesía, verso superficial... ignorante total del idioma que mal usa», como alguien te escribió a gritos en el cibersolar sin conocer que no andas por esos lares, ni siquiera te interesa. Y de tanto imaginarte, te imagino desnudo bajo esta gran venida celestial en este amanecer, mancillándome las rodillas contra el pavimento mojado. Poseyéndote con rabia de poseerte para anclarte entre mis piernas y que la distancia que se aproxima duela menos. Te imagino triturándome contra la calle, restregándome por las aceras mientras me penetras sin sentido, mojados los dos, enfangados, y una rabia infinita mordiéndonos la boca con labios, lenguas, dientes, besos. Y tu mano recorriendo mis rincones, y tus ojos recorriendo mis rincones, y tu boca maldita anti poeta de mil demonios enloquecidos, conociendo mis rincones.

Amanecí con unas ganas latiendo intermitentes en mi clítoris y el aguacero todo lo inunda, escondiendo al sol como travesura. «¡Tengo ganas de meterte la pinga!», me sueltas de pronto y yo me dejo porque yo también tengo ganas de que me metas la pinga, de que me metas todo tú por el hueco que te dé la gana de tus ganas de meterme la pinga. Y me dejo.

Te dejo hacer planes sobre mi cuerpo, mis sentidos y mis deseos. Te dejo hablarme de tus dramas, los inmediatos, los pendientes, y tengo ganas de que me metas la pinga para calmarte las neuronas ardientes de soluciones. Tengo ganas de consolar tu dolor, de luchar a tu lado y de traerte a tu hija intacta. Tu hija como una tora troncúa, arrolladora y risueña, que da cocotazos entre los niños, imponente, como cuentas. Tengo ganas de traértela intacta para que tus ganas no se vayan tras el dolor, para que no se mustien, para que no se pierda en la distancia que se aproxima. Tengo ganas de traértela intacta para que seas feliz, completo. «¡Ven a verme!», decías de pronto y yo calculaba futuros con las ganas de ti que me incitaban a ir a verte, desesperadamente ir a verte. Para consolar tu dolor, ese que arrastras sin cura, sin alivio, comprensible dolor que me duele entre el pecho porque sé que no respirarás consciente hasta que se vaya, definitivamente. «¡Vete! ¡Vete a resolver tus pendientes porque mientras no lo hagas, no tendrás vida, cordura, cabeza!». Susurraba y el miedo me contraía los músculos como ciempiés al descampado. «¡Vete!». Porque quiero tus ganas sinceras, ilesas, para amanecer con unas ganas latiendo intermitentes en mi clítoris y tocar mi cama llena, chocando con tu cuerpo. Amanecer con la gran venida celestial como esta mañana y poseernos con ganas bajo el aguacero, restregados por las calles, enfangados, llenarnos de arañazos, moretones, mientras me penetras dondequiera con tu pinga a los ojos de cualquiera bajo la gran venida celestial de este amanecer con unas ganas latiendo intermitentes en mi clítoris. Mientras me recitas anti poesía ordinaria, vulgar, ignorante total del idioma que mal usas. Mientras me dices de pronto: «¡Tengo ganas de meterte la pinga!», y me la metes. Mientras me descoyuntas, me arrasas y me vuelves aguacero bajo esta gran venida celestial de amanecer de ganas.

Amanecí con unas ganas latiendo intermitentes en mi clítoris. Y mis manos, solitarias, no dan abasto a la espera hasta la noche. Y mis manos, solitarias, te escriben «amanecí con unas ganas latiendo intermitentes en mi clítoris» para conjurarte, anti poeta maldito de mil demonios enloquecidos. Y mis manos, solitarias, te aprietan mientras me metes la pinga bajo esta gran venida celestial que alguien provoca por allá arriba y envuelve de placer el cielo que nos lanza su líquido seminal a la cara.

Amanecí con unas ganas latiendo intermitentes en mi clítoris y mis manos, mis manos que no podían esperar hasta la noche, se quedaron solitarias, por siempre solitarias, escribiéndote hasta que se agotó la tinta y se acabó el papel. Mis manos y mis ganas latiendo. Solitarias.

Un beso de veinticuatro años

Por el reencuentro para siempre,
el que nos debíamos desde la Antigüedad.
Y porque *this time is the last time.*

«Quiero templarte, y que seas todo lo puta que siempre fuiste y no serás nunca más, salvo conmigo». Escribiste como una sentencia y cada letra rodó por mi espalda al leerte, como gotas calientes hasta mis nalgas. Porque yo también quería templarte en esta tarde hirviendo en mi sangre desde que te vi desnudo tras el cristal, desnudo sobre esa silla donde te recuestas a mirarme, a mirarme y a imaginarme. Desnudo sobre esa silla que es nuestra confidente cada noche cuando nos contamos los avatares del día, los sueños, los deseos y queremos traspasar la distancia para extenuarnos las ganas a mordidas, dedos y lenguas. «Esa es la idea!!! Que adonde mires, yo aparezca!!!». Seguías escribiendo mientras contábamos los días, las horas, minutos y segundos para vernos por primera vez después de veinticuatro años de aquella columna testigo de nuestras confidencias y arrebatos. «...yo ando con unas ganas de enamorarte tremendas!!». Y yo de vuelta, enmudecida, solo podía escribirte «(...)», volviéndose el código de silencio que te confirmaba que lograbas callarme, con las manos sobre la cara, los ojos de vaca abiertos de la sorpresa y la emoción, pegadita a la cámara mirándote fumar ansioso sobre esa silla donde te recuestas a mirarme, a mirarme y a imaginarme. «Es tremendo!! Es como si hubiera estado deseándote por 25 años y ahora es irresistible!!». Y lo era, definitivamente lo era.

Podía cerrar los ojos y verte semidesnudo contra la columna en la oscuridad. Abría los ojos y te veía desnudo frente a mí, sentado en esa silla donde te recuestas a mirarme, a mirarme y a imaginarme. Podía cerrar los ojos y todo desaparecía como dijiste un día, pero me obligaba a abrirlos porque el deseo crecía desde la punzada vaginal y me trepaba por las ansias en una adicción que nos llevaba a enviarnos textos: «estás?... Quiero verte mi negro!... podré verte 5 min antes de que te vayas mima?». Y nos veíamos, y nos imaginábamos los olores, los sudores, los manoseos, las salivas, las humedades contra nuestras sillas frente al cristal computarizado. Y después nos descorazonábamos por no tenernos, por no tenernos, y la puta distancia sonreía en su triunfo de alejarnos, de cansarnos las ansias en vacíos de manos, lanzando las humedades al suelo, a la pared, entre nuestros dedos, al infinito de la nada. Necesitábamos la carne, romper la irrealidad de la virtualidad. Me persigné como siempre que el avión despega. Todo fue una locura, pero aquí estaba dispuesta a andar esta distancia de veinticuatro años y 4136.68 millas como me googleaste un día. Todo fue una locura.

Sin darme cuenta volaba hacia ti, justo el día de cumpleaños de mi difunto padre. Luna creciente. Todo fue una locura, pero cerraba los ojos y te veía semidesnudo contra la columna en la oscuridad, te veía desnudo frente a mí, sentado en esa silla donde te recuestas a mirarme, a mirarme y a imaginarme, y la punzada vaginal me crecía con alas desde el corazón, ese órgano raro que se ve mejor en dibujitos que en fotografías. Ese órgano raro que me ahogaba cada vez que te miraba por el cristalito que me ahoga desde aquella columna hacia el cielo, desde el día que te descubrí en el cibersolar y te escribí ¿eres tú?, desde aquella tarde que me enviaste un privado asegurándome que era yo la mujer deseada y que me buscarías me metiera donde me metiera y estuviera con quien estuviera, que llegarías, algún día llegarías a tocar mi puerta, definitivamente. Y mido tu intensidad desespero por la mía. Mi desespero, mi intensidad. Todo fue una locura.

¿Fui la última en salir? Quizás, porque tu desesperación revolucionaba el aeropuerto y tu abrazo revolucionó mi cuerpo con aquel beso de veinticuatro años como pusiste en el cartel. Un beso y abrazo que terminó cinco horas después los dos extenuados, sudados, adoloridos, hambrientos, pero sin ganas de despegarnos. Tú dentro de mí, dentro de mí, dentro de mí, dentro de mí. Tú... mí. Tu beso de veinticuatro años se fue conmigo, esa mañana cuando me despediste dándome la espalda, simplemente dándome la espalda en aquel aeropuerto frío para que no descubriera la angustia en tus ojos, para que no me derramara en los míos a través de la angustia en tus ojos de mi intensidad desespero.

Te despediste dándome la espalda para reencontrarnos nuevamente tras el cristal y con ese camión de millas de distancia entre nosotros que nos mantiene las ansias de templarnos reales hirviendo en la sangre. Ese cristal que provoca este juego de andar pegaditos a la cámara, este juego de cerrar los ojos y te veo semidesnudo contra la columna en la oscuridad, los abro y estás desnudo tras el cristal, desnudo sobre esa silla donde te recuestas a mirarme, a mirarme, y a imaginarme. Desnudo sobre esa silla que es nuestra confidente cada noche cuando nos contamos los avatares del día, los sueños, los deseos y queremos traspasar la distancia para extenuarnos otra vez, las ganas a mordidas, dedos y lenguas por cinco horas en tu cama mientras las paredes retumban con nuestros gritos y ni siquiera «Y si volviera» de Ramoncito Valle logre calmarnos. Ni siquiera.

Y el desespero intensidad te extenuó, descorazonado como dices, sin proyectos en tu vida, volviéndonos irreales e inalcanzables. La puta distancia te venció, puta distancia que ahora ríe vengativa con los harapos de tu esperanza entre los dedos, enarbolando tu cobardía como bandera. Una vez más tu cobardía de recogerte lobo estepario en tu madriguera cuando el viento invernal destiempla los corazones más valientes. Por segunda vez en veinticuatro años, simplemente recogerte claudicado y doblegado. Recogerte, lobo estepario recogerte. Una vez más dejándome a la deriva sin importarte. Recogerte y cierro los ojos, y recuerdo como lloro de cara al sol de mi balcón donde no te tenía, donde mi cama vacía me acogía cada noche para mostrarme, mostrarte, desnuda en nuestra virtualidad, con mis tatuajes sangrando y nuestros dedos apestosos de masturbaciones. Cierro los ojos y recuerdo como lloro porque no te tenía, te demoras, no vienes, no voy y cada minuto adverso de imposibilidades te descorazonaba en la irrealidad. Cierro los ojos y recuerdo que gritaste a tu cuarto vacío: «¿dónde está mi mujer, a ver, dónde está?» Enloquecías, una vez más enloquecías como hace veinticuatro años atrás y simplemente, lobo estepario, cerrabas tu madriguera. Como hace veinticuatro años, una vez más aunque te grité que no voy a parar, que voy a seguir aquí, amándote con locura, no voy a parar.

Cierro los ojos y recuerdo tu texto «...la puerta está abierta. Entra, anda...». Y recuerdo que entré, te dije aquí estoy, real, aquí estoy tu mujer, la única, tu mujer desde la Antigüedad que espera a su hombre desde la Antigüedad, aquí estoy. Cierro los ojos y recuerdo que no fue, no fue, no seguiste aunque yo Penélope intensidad de mi desespero te grité que no voy a parar, por favor, no cerremos la puerta, no nos quedemos ninguno de los dos fuera. No la cerremos. Te grité. «Esa es la idea!!!». ¿Recuerdas que lo escribiste? «Que adonde mires, yo aparezca!!!». ¿Recuerdas que lo escribiste? No voy a parar, te grité.

Cierro los ojos y recuerdo que aseguré que el Universo no puede unirnos y separarnos tantas veces, no puede, a propósito no puede. Es una señal. No puedes. No puede. Como no puedes enamorarme con un beso de veinticuatro años para que cuando se me despierte la certeza de que no puedo vivir sin ti, vengas a desecharme por ser irreal en este desespero intensidad, lobo estepario. No puedes porque no puedes, porque esa no es la idea. ¿Recuerdas que lo escribiste? Cierro los ojos y recuerdo, *This time is the last time*. ¿Recuerdas que lo escribiste? Cierro los ojos. ¿Recuerdas? Cierro los ojos y ahora entiendo lo que quisiste decir: la última vez. Es la última vez que lo hago, ahora entiendo lo que significa. Cierro los ojos. Cierro el ciclo... *the last time...* y nada puede aplacarme. ¿Recuerdas? La ira, nada puede aplacarme... *the last time...*

Fantasía de rabbit a dos manos

Al atrevimiento que nos asalta en solitario

Abro los ojos porque la luz del día entra por la ventana y no me deja dormir. Amanece sábado. Lenny dice «*american woman stay away from me...*», y me parece bien porque nunca me ha gustado la idea de compartirlo. Pero pensarlo me provoca esa punzada en la vagina que conozco bien. Me excito imaginando a Lenny en los brazos de una *american woman*, rubia de pelo largo, tetas redondas grandes y piernas largas. Lenny desnudo, con ese pecho mulato de tatuajes y *piercing* en las tetillas, esas nalgas duras con el tatuaje en la izquierda y la *american woman* chupándole la pinga como solo ellas saben hacerlo. «*Ohhh yeah baby*», dice Lenny mirándome a los ojos. «*American woman mama let me be...*», susurra, y el español se me confunde con el inglés, a propósito. Lenny me saca la lengua provocándome. Dice: «*I wanna fly away*». *Me too* Lenny, y la *american woman* intenta sonreír con la boca llena, con la pinga de Lenny entre sus labios gordos como los de Angelina, con la pinga de Lenny que se le pierde hasta la garganta y no le produce arcadas.

Cierro los ojos porque la luz que entra por la ventana me molesta, pero no corro las cortinas porque imaginar que alguien nos observa provoca más punzadas en mi vagina. *«I'm no good for you»*. Dice Lenny mirando a la *american woman* a los ojos y entra Johnny con su jean roto y su sombrero de cowboy. «I am!», grita Johnny agarrándose la portañuela con una mano, marcando el bulto bien erecto. La última vez que lo tuve entre mis piernas iba de Capitán Jack Sparrow con la guitarra colgada, tocándome una balada rock entre las tetas. *«I'm no good for you... I gotta go!»*, dice Lenny empujando la cabeza de la *american woman* contra su pinga, retando a Johnny. Y Johnny se quita cuidadosamente su jean roto, pero se deja el sombrero. Me le acerco y le lamo el indio del brazo, sabiendo que Lenny está mirándome fijamente. Sabiendo que a Lenny le gusta que yo le lama su dragón del pecho con mi lengua, con mi boca, con mis dientes. Pero ahora con la punta de mi lengua le lamo el indio a Johnny. Gozándomelo se lo lamo. Quizás después me toque algo al piano. Los dos desnudos. Yo sentada en la banqueta del piano, con las piernas abiertas, desnuda. Johnny sentado detrás de mí, desnudo. Metiéndomela por detrás mientras sus manos tocan las teclas, una balada de desamor, triste.

Yo toco sus manos que tocan las teclas y él confunde las notas. Molesto me muerde un hombro. El hombro del toro. Lo miro y me sonríe con su mejor cara de Sombrerero Loco. Saca el *rabbit* rosado de no sé dónde y me lo pone en las manos. «Toma, gástale las baterías», me dice para que no toque sus manos que tocan las teclas del piano, una balada de desamor, triste. Me río y pongo al *rabbit* en su máxima velocidad. Lenny me saca la lengua provocándome y le cuento lo de Johnny desnudo clavándome por detrás sobre la banqueta del piano. Se lo cuento con mis labios en su oído, apretándole el tatuaje de la nalga mientras lo empujo contra la boca de la *american woman* que sigue con su pinga en la boca hasta la garganta y no le produce arcadas. Le cuento de Johnny desnudo y me mira con rabia. El dragón tatuado en el pecho suelta fuego. «*I gotta go!*», me dice furioso, pero agarra la cabeza de la *american woman* con las dos manos y le clava vengativo la pinga bien profundo en la garganta. Me río porque me gusta encelarlo. «¡Maldito negro celoso!», le digo y le halo uno de los *piercings* de la tetilla. Suelta un gemido de dolor y se pasa con placer esa lengua sabrosa por los labios. «*Fucking bitch!*», grita y le clava nuevamente la pinga hasta la garganta a la *american woman*, con rabia, con rabia.

Me río y el *rabbit* enloquece a mil rpm. «¿Te gustan mis *dreadlocks*?» Pregunta Johnny mientras se quita el sombrero con sus uñas sucias de Jack Sparrow. Y confundida se los agarro, halo con fuerza y le muerdo la boca. Sangra. Chupo como una vampira su sangre para confirmar si esa imagen de *dreadlocks* sueltos sobre mi espalda es Lenny o Johnny. Lo mismo da, los dos ríen mirando lascivamente mis tetas que inflamadas sacan los pezones duros, parados. «¿Te acuerdas cuando nos conocimos, Lenny?», digo para romper el hechizo de mis pezones duros. «Estabas drogado o borracho, no sé, pero estabas divino». «¿En Atlantic City, no?», pregunta Lenny mientras me acaricia suavemente el clítoris con la punta de un dedo. Aprieta el clítoris y yo me ensalivo la lengua. «Sí, en Atlantic City». Suspiro Johnny me agarra por la cintura y me pone en cuatro. «Esperamos casi una hora a que salieras». Le digo a Lenny que cierra los ojos para no ver a Johnny que se arrodilla detrás de mí y me pasa la lengua entre los labios abiertos. Estoy mojada, demasiado mojada. Johnny pasa la lengua suave, con su sombrero de *cowboy* haciéndome cosquillas en las nalgas. Pasa la lengua suave desde mi clítoris hasta el culo, desde mi culo hasta el clítoris, una y otra vez, suave, por los labios abiertos y mojados. Me penetra despacio con su dedo sucio de Jack Sparrow. Lenny no quiere mirarme y aprieta con fuerza la cabeza de la *american woman* que no se cansa de chupar su pinga clavada hasta la garganta y que no le produce arcadas. «¡Maldito negro celoso!», le digo con la lengua de Johnny penetrándome en círculos entre mis labios abiertos y mojados. Completamente mojada. «¿Te acuerdas cuando nos conocimos, Lenny?». «*Course, fucking bitch!*», gime Lenny entre dientes aguantando la rabia de ver a Johnny arrodillado chuparme suave mientras estoy en cuatro sobre la cama. «Esa noche te toqué la mano por encima de la gente y me mojé como hoy. ¡Más que hoy!», le confieso para aplacar el dragón de su pecho que no deja de soltar fuego, de quemarme.

Le hablo a Lenny con mi lengua en su oído, mientras la lengua de Johnny sigue allá abajo, penetrándome en círculos, sorbiendo, mojando, chupando, mojando, lamiendo, mojando. Lenny me aprieta los pezones duros, parados. «*I gotta go!*», dice Lenny a la *american woman* que acelera el ritmo de la mamada. «*I gotta go!*», repite mirándola y agarra su pelo largo rubio, se lo enreda en una mano y lo hala. «*I gotta go*, cojoneeeeeee!». Y la hala por el pelo enredado en su mano, echándole con violencia la cabeza hacia atrás, logrando que la *american woman* suelte su pinga como una escupida. Lenny se agarra la pinga. Su magnífica pinga que brilla con la luz que entra por la ventana. Su pinga enorme, se la agarra con una mano y con la otra, la que tiene enredado el pelo largo rubio de la *american woman*, echa violentamente la cabeza de la mujer hacia atrás y grita. Johnny con su cara metida allá abajo, entre mis labios abiertos y mojados, se da cuenta que sucede. Enloquece. Agarra mis nalgas con sus manos y las abre con ímpetu. De un salto mete su pinga como si fuera el sable de Jack Sparrow, dispuesto a matar, entre mis labios abiertos y mojados, y grito al sentir como entra de un solo empujón, completo. Lenny me mira con rabia y hala con arrebato hacia atrás la cabeza de la *american woman*, por el pelo largo rubio enredado en su mano, la del brazo con el dragón que suelta fuego desde su pecho. Hala impetuosamente la cabeza de la *american woman* dejando su blanca cara frente a su pinga que aguanta apretada con la otra mano. La misma mano que mueve frenéticamente de adelante para atrás hasta que con un grito escupe su leche espesa contra la cara blanca de la *american woman* que se relame de gusto, de puro gusto, con la leche espesa de Lenny rodándole por las mejillas sobre el cuello, sobre las tetas grandes redondas, sobre los labios gordos como Angelina. «*For you, fucking bitch!*», me susurra Johnny al oído mientras me penetra suave, despacio por atrás, agarrándose de mi cintura, forzándome a estar en cuatro patas con mis labios abiertos y mojados que succionan esa pinga como el sable de Jack Sparrow.

Aumento la velocidad y el *rabbit* gime entre mis piernas que aprieto para no dejar escapar a Johnny que insiste en mantener puesto su sombrero de cowboy. «*I gotta go!*», dice Lenny y mira a la *american woman* que yace bocarriba lamiéndose el semen que corre por su cara. Embadurnándose sus dedos con esa leche espesa y mojándose después los pezones rosados, las tetas redondas y grandes y los labios gordos como Angelina. *«Please, don't go!»*, gimo con un último aliento antes del orgasmo. «Yo también quiero tu pinga en mi boca, Lenny. Tu leche espesa en mi cara, en mis tetas, en mis labios que no son gordos como los de Angelina. Por favor Lenny, yo también la quiero». Suplico y Johnny se excita tanto escuchándome que arremete a toda velocidad. Haciéndome daño. El *rabbit* rosado suda. Johnny se muerde el labio, lo sé aunque no lo veo porque siempre se muerde el labio mientras me clava, me clava, me clava sin control, sin pausa.

«Lenny no te vayas, por favor. Quiero tu pinga». Vuelvo a implorar. «Ya la tienes tú, *fucking american woman*». Me susurra con su boca en mi boca, con su lengua en mi lengua, con sus dientes masticándome con rabia el deseo. Me río porque sé que no soy una *american woman*. «No soy una *american woman*, Lenny». Le digo y me río. *«Yeah, you are!»*. Y me agarra con su mano, la del brazo con el dragón que suelta fuego desde su pecho. El dragón que me gusta lamer despacio con la punta de mi lengua para provocarlo, para obligarlo a soltar fuego y quemarme. Y me agarra con su mano mi pelo largo rojo y lo enreda entre los dedos y me hala duro la cabeza, me obliga a mirar para allá donde está la *american woman* yaciendo de espaldas, lamiéndose con gusto la leche espesa de Lenny en su cara. Me obliga de un jalón de pelos a mirar para allá y veo un espejo enorme. En el espejo veo a Lenny que tiene mi pelo largo rojo enredado en su mano, la del brazo con el dragón que suelta fuego desde su pecho. En la imagen reflejada del espejo, Lenny me hala duro con su mano hacia atrás, obligándome a poner mi cara frente a su pinga enorme, brillante, que aguanta apretada con la otra mano. La misma mano que mueve frenéticamente de adelante para atrás hasta que con un grito escupe su leche espesa contra mi cara blanca y me relamo de gusto, de puro gusto, con la leche espesa de Lenny rodándome por las mejillas sobre el cuello, sobre mis tetas grandes, sobre mis labios que no son gordos como los de Angelina.

Me veo en el espejo, en cuatro patas con la leche espesa de Lenny en mi cara y Johnny clavándome enérgicamente por detrás, clavándome su pinga como el sable de Jack Sparrow. En cuatro patas, con ellos dos, a la vez. Y me vengo con un grito ahogado, con el orgasmo reventándome desde la garganta hasta el clítoris, reventándome por mis labios abiertos y mojados que palpitan, que vibran. Revientan y vibran. Miro nuevamente al espejo y me veo, yaciendo bocarriba en mi cama, con el *rabbit* rosado entre mis piernas, sudada. Sola yaciendo. Sábado por la mañana. Amaneciendo sola con tu olor en mi sábana, a mi lado, tu vago olor que poco a poco se difuma. Sola con el *rabbit* rosado entre mis piernas. Miro al espejo y veo como Lenny y Johnny se van, despacio salen por la ventana montados en la luz que entra y me molesta en los ojos. Se van. Y me quedo sola, yaciendo sobre mi cama con tu olor. Mi olor. Exorcismo entre piernas. Exorcismo Final.

Índice

2015
caawincmiami@gmail.com

Made in the USA
Lexington, KY
14 March 2016